ハヤカワ文庫JA
〈JA1554〉

夜獣使い
黒き鏡

綾里けいし

早川書房
8956

目次

夜獣使い

黒き鏡

序章にして終章

その年の夏は、蝉（せみ）すら死んだ。

記録的な猛暑により、彼らは土の中にいるうちに煮えて死んだという。故に、空気を掻きむしるような、あるいはノイズじみた鳴き声は、例年よりも少なかった。特に、今はなんの音もしない。湿気のように重たく、分厚い無音だけが広がっている。

煌々（こうこう）と太陽は燃えていた。青々と、突き抜けるように空は輝いている。

頭のおかしくなりそうなほどに、夏であった。

『太陽が黄色かったから』と人をも殺せそうな季節である。

それほどまでに、あたりは強烈な日差しで炙（あぶ）られていた。

まだ子供たちは夏休みのころだった。本来ならば、公園は遊ぶ姿でにぎわっているはずだ。しかし、昼時のそこにも人影はなかった。錆の目立つブランコにも、軋むアスレチックにも、遊歩道が延びる芝生のうえにも、点在する木製のベンチにも、誰もいない。熱中症を恐れて、親たちが子を閉じこめたのだろうか。ちがう。見るものが見ればきっとわかるはずだ。この公園では今、日常と異常が入れ替わっている。

そう、『なにかがおかしい』。

妙にこの場は『がらり』としていた。そして『狭い』。まるでこの一帯だけが、立方体の箱の中にしまわれ――いや、この表現でも適切さを欠く。ならば、なにか。

公園自体が『立方体の筺』のようだった。奇妙なことだが、そう喩えざるほかない。

それほどまでに、ここの空間は固く閉じられていた。

だが、気がつけば、夏の太陽の下に人の姿があった。

こんなところに誰かがいるのは異様なことだ。異常を超えた異常が起きている、とすら言えるだろう。だが、そんなことは知らぬとばかりに、彼は悠然とベンチに腰かけていた。

黒ずくめの男だ。

夏だというのに、彼は肌に貼りつくような、細身の外套をまとっている。そのさまは、まるで夜が円筒形になったかのようだ。

ベンチの背にもたれかかりながら、男は視線を宙に固定している。その先から、誰かが来るとわかっているかのように。あるいは、すでに見えているかのように。

やがて、待ち人はやってきた。

男とは真逆に白ずくめの女である。

彼女は白いワンピースに、白い帽子をあわせており、胸は豊かで背は高かった。

怪異で謳(うた)われる、八尺さまにも似た姿をしている。そして、正体がそうでもおかしくはないというほどに、女は異様な迫力をまとっていた。白い肌の下の肉は、生命力に満ちている。大型の獣のごとく、彼女は雌の気配を放ってもいた。それは甘やかで柔らかいが、根底には乳と血の匂いを隠している。

一方で、男は存在自体が薄かった。彼の鼻は高く、目は切長で、唇は女性的だ。その外見は、人形じみて美しい。だというのに、男のありさまは絵画に落ちた染みのようだった。光景へ気まぐれに描きこまれた黒点のごとく、彼は座っている。

まるで真逆の、男と女。

男のもとに、女は着く。

そして、ぱかりと、彼女は口を開いた。ゴロリ、棘(とげ)のある言葉がこぼれ落ちる。

「全部、わかっておいでだったのでしょう?」

「ええ、この期(ご)におよんで言いわけはしますまい。わかっていましたよ、僕にはね」

男は応える。その声は申しわけなさそうでも、また愉快そうでもあった。徹底的に、恥知らずなほどに矛盾している。男の存在が薄いのに、黒々としているのと同じように。

蟬は鳴かない。

あたりは、まるで墓場のように静かだ。

そこにふたりの声だけがひびいていく。

「けっきょくは、なんだったのかしら？」

「これは、つまり、遊戯だったのですよ」

軽やかに、男は応えた。空気を読まずに悪戯を告げる、子供じみた口調で。

女は唇を噛んだ。肉が裂ける。白い肌を伝って、紅い血が流れた。ぽたりと落ちたしずくを、男の骨ばった指がさらう。ためらいもなく、彼は女の鉄錆臭い血を舐めた。

柔らかく、舌の蠢(うごめ)くさまを見て、彼女はささやく。

「私はそれに絡めとられてしまったのですね」

「実に、実に、お気の毒なことです」

「他でもない、あなたがおっしゃるの？」

「僕以外、誰に言えますか？」

ごうっと、一瞬、女は燃えたように見えた。それほどまでの怒りが、激情が、彼女を包みこんだのだ。だが、男のほうは変わらない。なにひとつ表情を動かすことなく、ひしと、彼は女を見つめた。その瞳だけを切りとれば、男は敗者のようで。

だが、まぎれもなく、彼は勝者であった。

だから、花のように笑って、艶やかに、女は言い捨てる。


「おまえなんて死んでしまえ」


光栄ですよと、男は応えた。

女の剝きだしの殺意をひきだせたことを、彼はそう称する。あいかわらず、声は申しわけなさそうで楽しげだ。それでいて、男の表情はしんと凪ぎ、乾いてもいる。


蟬は、鳴かない。

ただ死んでいる。

女は去らない。

男は動かない。

だからこの光景は、
ひとまず終わりだ。

第壱話　胎児よ、胎児よ

冬乃ひなげしは、寒さに震える花のごとく、可憐で短命そうな娘だ。

そんな彼女の――母が失踪した。冬ではなく三月の春のことである。

それこそ桜に攫われでもしたかのような、見事な消えかたであった。

ひなげしに心当たりはない。いや、正確に言えばあるにはある。

だが、それは『不確かで、異様なもの』だった。子ひとり、親ひとりの暮らしの中、ずっと長く、母は心配ごとを抱えていたのだ。ひなげしもまた自分たちを脅かす存在に気がついていた。いつでも、すぐそばには黒くもやもやとしたナニカがある、と。

それを近づかせないように、母は必死で抗っていた。まるで己の足元に伸びる影を振り払おうとするかのように――戦いは必死で、滑稽なものであった。抗戦は長く長く続いた。

だんだんと、ナニカの影は濃さと生命力を増していった。

結果、母はもういない。

母がなにに負けたのか。

それを、ひなげしは知りたいと願った。だが、誰も教えてなどくれない。娘の中学卒業を機に、母子家庭の親が姿をくらますなど、掃いて捨てるほどによくある話だからだ。

警察も、中学の元教師たちもまともにとりあってはくれなかった。

正確には心配こそしてくれたし、様々な福祉上の手続きも教えてくれた。だが、ひなげしの闇を晴らしてくれることも、未来を明るく照らしてくれることもなかったのだ。彼女には母の遺していった一軒家と貯金がある。そして、すでに努力次第で働ける身であった。

その現実がすべてだ。

父は死んでおり、頼れる親戚はいない。

母が無理をして通わせてくれたお嬢様学校の友人たちは、上辺（うわべ）こそ親切だが人の深みには決して触れようとはしなかった。彼女たちはたわいない話題で笑いあえる相手のことは常に求めている。だが、肉親の失踪という重い謎の解明など、欠片（かけら）も望んではいなかった。

少女とは非情な生き物である。だが、その事実に気がつきもしないほどに、彼女たちはとびきりの善人でもあった。警察が見つけてくれるよと、みんなは無邪気にくりかえした。

だから、ひなげしは笑顔で応えた。

「うん、そうだね……大丈夫、大丈夫、私は平気だから」

けれども同時に、無理だろうなぁと気がついてもいた。

彼女にとっては不幸なことに、ひなげしはのんびりとした性質だが、一種の草食動物じみた聡さをそなえてもいた。本能と直結した勘は、ささやき続けている。

黒くもやもやした存在と、母は長く戦ってきた。

そうして、消えたのだ。ならば、もう母はこの世にはいないに違いない。

つまり、ひなげしは、これから先をひとりで生きていかなくてはならなかった。

母にとって、ひなげしは最愛の存在で。

ひなげしにとっても母は最愛であった。

しかし、もう、唯一の大切はいない。

それは悲しく、さみしいことだった。

生きること自体について、彼女はあまり心配をしてはいなかった。名前と外見のかわいらしさとは真逆に、自分がいざとなれば泥水をも平気ですすれる強さをそなえていることを、ひなげしは察していた。けれども、ひとりは嫌だった。

ひとりぼっちとはさみしいものだ。

しかし、頼れる人などいなかった。

だから、いつからか、ひなげしは確かなものが欲しいと考えるようになった。

甘やかな女の子たちのように、優しいけれどもふわふわしている、あいまいなものではない。冷たくともよかった。石のようでもかまわない。

ただ、変わりのない、なにか硬くて、不動なもの。

そんな、なにかが——誰かがいればと思ったのだ。

そうして、悩んでいるときのことだった。不意に、ひなげしはある手紙を見つけた。

なんども探ったはずの、母の荷物の中から。

＊＊＊

愛する、ひなげしへ。

私が死んだら、『黒屋敷』へ行きなさい。

花柄の便箋には、そうとだけ書かれていた。

薄い紙からは、母の匂いがした。彼女の好んだ、スズランの香水の残り香だけではない。几帳面に角張った字もまた、『母の匂い』とでも呼ぶほかにない独特の気配を放っていた。まちがいなく、これは母の書いたものだ。そう、ひなげしは確信した。

手紙にはあるものが添えられていた。黄ばみ、折り目のつけられた紙――この街の、古い地図だ。墓地の記号の打たれている位置には、重ねて紅い丸が描かれている。

ひなげしは首をかしげた。この地図のとおりならばそこには屋敷など存在しないはずだ。

けれども、母は行けと遺した。

正確には母が死んだとは限らない。だが、姿を消した以上、この言葉には従うべきなのだろう。母が行方不明となった理由も、もしかしてわかるかもしれない。

黒いナニカの正体が、なんであるのかも。

ならば、向かうだけの価値はあるだろう。

そう手早く、ひなげしは決意をまとめた。財布だけを持って、家をでる。置き手紙などは残さなかった。安否を知らせるべき相手などいないからだ。まずは坂道を昇って、堤防前に延びる道路へあがり、母の地図を頼りに墓地へと向かう。冒険は長くは続かなかった。

目的地は、遠くはない公園の横手に位置していたからだ。

ひなげしは思いだす。確か小学校の校外学習のさい、墓石の隣で同級生が犬の骨を拾った場所だ。小規模な区画で、火葬場は併設されていない。

もちろん、黒い屋敷などないはずだ。

そのはずなのに。

「……あ、れ？」

ひなげしはまばたきをくりかえした。墓地へ一歩を踏みだした瞬間だった。

古い地図にきざまれた紅丸が、にじむように光った気がした。なにかの線を越えたかのように、全身に圧がかかった。そうして、すべてがぐにゃりと歪んだのだ。

結果、彼女の視界は一変した。ひなげしの前には、黒い館が建っている。


『黒屋敷』。


確かに、この建物はそう呼ぶほかになかった。

築年数は、全体的な傷み具合から見て百年以上は経過しているだろう。様式はバロックスタイルだ。縦に長い窓が、規則正しく並んでいる。だが、それらはすべて黒のカーテンで内側から塞がれていた。壁もまた黒い。しかも、漆黒だ。ＳＮＳで情報を得た、世界で一番黒い塗料ベンタブラックを、ひなげしは思い浮かべた。だが、凹凸のある煉瓦壁にそれをどうやって隙間なく塗ったものかは見当もつかない。実際に塗ってあるのかも不明だ。

けれども、もしも、ちがうのならば。

（なぜ、ここはこんなにも黒いのだろう）

なにか、異様だ。すべてが、変だ。

ごうっと、重く湿った風が吹いた。

ここに火葬場はない。そうでなくても最近の炉は濁った煙を吐きださないはずだ。だが、ここの空気からは灰をふくんだ、ナニカ生きたものの焼けるような匂いがした。

ひなげしは不吉な予感を覚える。すうっと、彼女は息を吸って吐いた。それから――流行に左右されないので好んでいる――シンプルなブラウスの両袖をまくった。

気合いを入れて、ひなげしは決意を口にする。

「行くしかない、よね」

不思議と、歓迎されていないとは感じなかった。それどころか、なにかが自分を待っているという期待すらあった。黒に塗られた扉の奥には、不意の客人の訪れを知る者がいる。

そんな、ある種のふてぶてしい確信を、彼女は抱えていた。

その相手がいいものか、悪いものかは。

ひなげしには、全然わからなかったが。

＊＊＊

チャイムはなかった。ベルのたぐいもない。では、鍵はといえば、これもかかってはいなかった。不法侵入と知りながらも、ひなげしは無骨な木造彫刻を思わせる扉を押し開く。軋む音すらたてることなく、それは滑らかに動いた。ひなげしは、声をひびかせる。

「ごめんなさい、誰か、いらっしゃいませんか？」

黒に染められた外側に反して、中は明るかった。

シャンデリアを模した灯りが——草花や鳥などをモチーフにした——モリスの壁紙を照らしている。だが、長い廊下を進むうちに、ひなげしは違和感に襲われた。

開いたままの扉を覗くと内装は一変していたのだ。台所はオフホワイトを基調とした、クラシックモダンかつ、機能性もそなえたインテリアで統一されている。かと思えば、隣の部屋は、紅色を主体とした中華風のティールームになっていた。

そして、なにより、誰もいない。

「あのー、すみませーんっ！　……どうしよう。本当に、ひとりもいないみたい」

ひとつひとつ、部屋を覗きながら、ひなげしは歩いた。一階には誰もいないことを確認するとおそるおそる階段を昇る。二階もほぼすべてを見て回り、彼女は最奥の扉を開いた。

同時に、ひなげしは息を呑んだ。図書館の本で見知った言葉を、彼女は連想する。


驚異の部屋（ヴンダーカンマー）。


室内はあらゆるものであふれかえっていた。

珊瑚（さんご）や石英（せきえい）を加工した芸術品。ピン留めにされ、額縁に飾られた無数の蝶の死骸。奇想天外な光景を描いた絵画。桐の小箱。虹色の巨大な巻き貝。複数の骨が接がれた架空の動物の標本。いくつもの帽子かけ。御伽噺にでてきそうな丸いティーポット。飴色の地球儀。

そうして、何百冊もの蔵書。

物で埋めつくされた空間の中央には、円形の机が置かれていた。

そのうえで、ナニカがかがやいている。ひなげしの視線は自然とソレに吸い寄せられた。

天秤だ。

金色で、神々しく、旧い代物だった。二本の腕から伸びた細い鎖が、左右それぞれの空き皿を支えている。魅力的で不気味な品々の中、彼女はそれに一番惹かれた。

思わず、手を伸ばす。

瞬間、低い声がした。

「それだけを選ぶとは、お目が高いことだ」

「っ！　誰か、いるんですか？」

「いないよ」

そう、声はすうっと消えた。ひなげしはあたりを見回す。

確かに、誰もいない。

だが、彼女はワニの剝製のそばに置かれた、揺り椅子へと目を止めた。

そのうえに座る黒い姿に気がつく。

最初、彼は人間には見えなかった。

そのさまは、光景に描きこまれた黒い染みのようだ。細身の外套をまとい、まぶたを閉じている。その鼻は高く、目は切れ長で、唇は女性的だ。人形のように整った顔立ちをしている。だが、奇妙なところがあった。年齢がわからない。十代の子供にも七十を超えた老人のようにも見える。ひなげしは二十程度だといいなと思った。すると、そう見えるようになった。この人は二十代に違いないと、なぜか彼女の頭には確信が芽生えたのだ。

なにかが、おかしい。そういぶかしみながらも、ひなげしは口を開く。

「いないって……いるじゃないですか？」

「ずいぶんと物怖じをしない、小娘は失礼じゃないですか？」

「これは失敬——それじゃあ、不法侵入は失礼じゃないのかな？　お嬢さん？」

問われて、ひなげしはうっと息を呑んだ。

いつのまにか、青年は目を開いている。黒々とした目で、彼はひなげしを見つめていた。

その瞳は笑っているが、表情は乾いている。飄々としているようで冷たい。

対応を誤れば、大変なことになりそうだ。

そう慌てながら、ひなげしは濃紺のプリーツスカートのポケットを漁った。中から、母の手紙をとりだす。古い地図に添えて、彼女はそれを青年へさしだした。

「勝手に入ったのはごめんなさい。これを、母が遺したもので」

「ははっ、残念ながら、僕は人の手紙で心を動かされるタイプではないのでね……うん？　おいおいおいおい、これはまた……君、ちょっと待ちたまえよ」

「『動揺』と書いてもいいほどに、心を激しく動かされているようですが？」

「口の減らない娘さんだな……なるほどね。だが、納得だ」

不意に、彼は口を閉ざした。青年はじっとひなげしを見つめる。

小動物でも観察するかのような——それでいて、どこか懐かしいものを——遠い昔に見たことのあるなにかの変化を確かめでもするかのような瞳だった。小さく、彼はつぶやく。

「……こうなった、か」

すっと、黒い人は立ちあがった。すらりと彼は背が高い。まっすぐにたたれると迫力がある。思わず、ひなげしは体を後ろへ反らせた。その前で、青年は己の胸元へ、優雅に手を押し当てた。そうして滑らかな仕草で頭をさげる。顔をあげて、彼は唇を動かした。

「ようこそ、『黒屋敷』へ——冬乃ひなげし殿」

「どうして」

私の苗字をと、ひなげしは問いを口にしかけた。名前は母の文章に記してあった。だが、フルネームなどわからないはずだ。しかし、疑問を音にはできなかった。ひなげしの唇へと、彼が指を押し当てたのだ。青年は彼女の言葉を封じる。薄く笑いながら、彼は続けた。

「君は今、ひとりで、まるで鋼鉄のごとく孤独だ」

ならば、この鏡見夜狐（かがみやこ）と生きてもらうとしよう。

一方的に、彼は宣言をした。そのさまは、まるでプロポーズのようだ。

まったくわけがわからない。だが、不思議と、ひなげしは勝手とも嫌とも思わなかった。

むしろ、ずっと、探していた気がした。

彼──鏡見夜狐という──黒い青年を。

＊＊＊

「だが、本来、僕には助手など必要ないのだけれどもね」

「助手？」

続けての、青年──鏡見の第一声に、ひなげしは首をかしげた。彼の言うことは、わけがわからない。だが、その言葉から推察するに、彼女を助手にすることを、鏡見は想定していたらしかった。いったい、なんの助手だろう。そう、悩む彼女に、彼は語る。

「君が『黒屋敷』に棲むのならば、そうなることでしか、『居場所』を得ることはできないだろう。君にふさわしい役職とはすなわち、まっすぐに立ち、息をするために必要な『かたち』を意味する。この場所は『かたち』を重んじるからね。ここにはすでに探偵としての僕がいる。ならば、君が隣に立つには助手となるほかにない」

「なにを言ってるんだか、さっぱりわかりませんね！」

「まったく、すがすがしいほどに失敬な小娘だな、君は」

「でも、ひとつだけわかりました。助手とは、探偵の助手だったんですね！」

「他になんの助手があるって言うんだい？　助手といえば探偵。探偵といえば助手だろうに——オーギュスト・デュパンと『私』。ホームズとワトソン。明智小五郎と小林少年」

「つまり、鏡見さんは名探偵」

「いや、僕は単なる『人でなし』さ」

にぃっと、鏡見は嗤った。

その妖しい表情は、確かに名探偵からは遠く離れた、不吉なものだ。どちらかといえば殺人鬼に見える。さらに言うなれば、人間であるのかどうかすらも危うい。

そう思わせる異様さを、この美しい青年は持っていた。

ならば、自分でそう名乗りながらも、彼は探偵ではないのか。

まるで、謎かけのようだ。混乱するひなげしに、鏡見は言う。

「探偵は探偵でも怪異専門の探偵でね——依頼は来る。それが僕を探偵にする」

やはり、彼は不思議なことを告げた。それでは本人の意志とは関係なしに、事件が探偵を形作るかのようだ。そう、ひなげしが思った途端、鏡見は笑みを深めた。

極めて女性的な唇を、彼は柔らかく動かす。口元に、鏡見は優美な弧を描いた。

「そう、鋭いね。僕は事件に——怪異によって形作られる。この『黒屋敷』が、『かたち』を重んじるように、僕という存在はそのように造られているのさ。僕は薄い。役割がなければ、この世界にいることすら難しい。そういう、生き物だからね」

「勝手に、人の考えを読まないでくださいよ」

「読まれている現実を、堂々と受けとめないでくれたまえよ」

飄々と、鏡見は返す。そこで、やりとりはいったん途切れた。

さてと、ひなげしは息を吐く。相変わらず、彼がなにを言っているのかはさっぱりわからない。だが、会話の応酬をすることで少しだけ冷静になれた。

考えてみれば、この青年には聞きたいことが山ほどあるのだ。

母とは知りあいなのか。なぜ、自らの死んだあと『黒屋敷』へ行くようにと、母は書き遺したのか。『敵』について、なにかを知らないか。

「あ、の」

「シーッ」

ひなげしは口を開く。だが、すかさず、鏡見に唇を押さえられた。

二度目の無礼に、彼女はさすがにムッとする。そもそも、乙女――と呼べる年頃の娘――の唇に勝手に触れるなど、死刑でもおかしくはない蛮行ではないのか。

そんな物騒なことを、ひなげしが思い浮かべたときだった。

「『お聴き！　しずかにして』」

鏡見がささやいた。それを皮切りに、彼女は記憶の底から文章をひきずりだされた。

『道路の向うで吠えている。』

『あれは犬の遠吠だよ。』

『のをあある　とをあある　やわあ』

萩原朔太郎（はぎわらさくたろう）の『遺伝』という詩だ。思わず、ひなげしは続きを暗唱した。

「『犬は病んでいるの？　お母あさん。』

『いいえ子供。犬は飢えているのです。』……ほら、来るよ」

少し笑って、鏡見は告げる。なにがと、問うことはできなかった。

瞬間、ぎぃっと扉が押し開けられたのだ。

ひなげしは、確かに聞いたように思った。


『のをあある　とをあある　やわあ』

彼女は知る。

圧倒的な救済を渇望する人間は、

飢えた目をしているものなのだ。

＊＊＊

扉が開いたあとには、女性が立っていた。

その服装に異常はない。ホワイトのVネックにグレイのアウター、薄い色のデニム。肩には紐の長い、無地のショルダーバッグをかけている。だが、ウェーブがかった黒髪は乱れ、目の下には、化粧でも隠せないほどの濃い隈が浮かんでいた。ひどく、やつれている。

なによりも、その眼球が普通ではなかった。

全体が飢餓状態のように前にでて、ぎらぎらと輝いている。

なぜか、ひなげしには自然とわかった。女性は圧倒的な救いを渇望しているのだ。

それこそ、大きな嵐のような。

すべてを変えてしまうほどの。

「――――『金の天秤はこちらにございますか？』」

「えっ？」

ひなげしは面食らった。女性の第一声は、あまりにも異質だった。挨拶でも、名乗りでもなく、彼女はそう口にする。だが、動揺することなく、鏡見は自然と応えた。

「ええ、『あなたが求むるかぎり、ございます』」

瞬間、女性はへなへなと崩れ落ちた。みるみるうちに、ナチュラルピンクのアイシャドウのうえに大粒の涙が浮かぶ。わっと、彼女は子供のように泣きだした。

ますます、ひなげしは目を丸くする。

だが、女性はそれにかまいはしなかった。えぐえぐと泣きながら、彼女はくりかえす。

「よかった……よかった……本当にあった……これでようやく、救ってもらえる」

「いえ、まだわかりませんよ」

鏡見は無情に応えた。

むっと、ひなげしは眉根を寄せる。事態の詳細はわからない。だが、相手が泣きながら、こうして必死に助けを求めているのだ。探偵というのならば、手をさしのべてあげてもいいのではないか。そう、ひなげしは彼にびびびっと念を飛ばしてみた。

（どうせ、考えを読めてるんでしょ、鏡見さん。ほら、かわいそうじゃないですか。助けてあげられるのなら、そうしてあげたらいかがですか？）

伝わったのか、鏡見はうるさいな君はという表情をした。なかなかに器用なものである。

だが、すぐに、彼は唇を薄ら笑いの形へ戻した。鏡見は円形の机に近づいていく。

ひなげしは気がついた。前に見たときは、天秤ばかりが目についた。だが、そこには二脚の華奢な椅子が、向きあうようにして置かれている。

ちょうど、客を出迎えるかのごとく。

その片方に、鏡見は座った。優雅にてのひらを動かして、彼は女性のことをうながす。

「お座りなさい。話を聞きましょう。そうして、天秤に載せてください」

あなたを悩ませる怪異にふさわしい、大切なものをね。

そう、鏡見は笑いをふくんだ声で言う。

女性はショルダーバッグに手を入れた。

そこから、彼女は赤子の人形をとりだした。

＊＊＊

人形は古く、セルロイド製だった。目には、灰色のガラスがはめられている。ぽってりとした全身は、モスリンコットンのおくるみで包まれていた。かすかに覗く頭には、薄い髪の毛も再現されている。造りも、大きさも、まるで本物の赤ん坊だ。

今度こそ、ひなげしは言葉を失った。

赤子の作りものを持ち歩くなど、どう考えても異常だろう。

その前で、女性はそっと人形を抱きあげた。堂に入った仕草でソレをあやしながら、彼女は席に着く。そうして、ゆっくりと語りはじめた。

「まず、言っておかなければなりません。赤ちゃんのいる現状に、私は安らぎを覚えています。けれども、怖いのです。同時に、おそろしいのです。なにか、とても悪いものが、私と、私の赤ちゃんを害そうとしているのだと」

「赤ちゃんとは、その子のことですか？」

「いいえ、コレではありません」

ぴたっと、女性は小刻みに動かしていた腕を止めた。彼女は膝のうえに人形を落ち着かせる。少しだけ、ひなげしはホッとした。女性は玩具のことを、本物の赤子として認識していたわけではなかったようだ。それならば、まだ正気と言えよう。

だが、女性はさらに耳を疑うような言葉を続けた。

「私の赤ちゃんは、冷蔵庫の中にいますから」

「はい？　あ、あの、今、なんて」

「わかりませんか？」

ひなげしの問いに、女性は息を吸いこむ。そうして、彼女は堂々と告げた。

「冷蔵庫の中で、胎児が眠っているのです」

四角い機械の中で、胎児は眠らない。

胎児が眠るのならば、母の胎(はら)の中だ。

そう、ひなげしは思った。だが、鏡見はうなずいた。悠々と、彼は応える。

「なるほど」

「いや、ひとつもなるほどじゃないですよね！」

「助手ならば、ここは助手らしく黙っていてくれたまえ、ひなげし君」

ぴしりと、鏡見は言いきった。

誰が助手かと、ひなげしはびびっと念を飛ばす。やかましいな君は、という表情を、鏡見は浮かべた。やはり器用なものである。だが、すぐに真顔に戻ると、彼は言葉を続けた。

「その胎児は、いつからいるのですか？」

「ある日、私は二階の階段から落ちたのです。そうして血まみれになって、入院して、帰ってきて、料理をしようとして、やめて、包丁を戻して、冷蔵庫を開けたら……いたのです。あの子が。以来、私はずっと、あの子といっしょに暮らしています。それは平穏で、とてもすてきな暮らしです」

「そうでしょうともね」

「けれども、その日以来、おかしなことが続くようになったのです。家鳴りがしたり、ベランダから突き落とされそうになったり。冷蔵庫が揺らされたり。私は気がつきました……誰かが……とても、とても、悪い誰かが、私と、私の赤ちゃんを害そうとしているに違いないのです」

ひなげしは眉根を寄せた。女性の言う『おかしなこと』はすべて偶然にも思える。だが、『悪い誰か』の存在を、彼女は早々に確信しているようだ。その違和感を、鏡見も承知しているらしい。彼は無言のままだ。しかし、ひなげしにはそうとわかった。

虚ろな目をして、女性は語り続ける。

「このままではいけない。きっと、ひどいことになる。そう思ったとき、私は噂を耳にしたのです。どこかに黒い館があって、『金の天秤はこちらにございますか？』と問うて、そこにあれば救われるかもしれないと……そして、気がつけばこの屋敷に……あれ、でも、私はその話を、誰に聞いたのだったのかしら？」

「なるほどね。よくわかりました」

なにもわかっていないだろうと、ひなげしは念を飛ばす。今度は、鏡見は反応しなかった。完全に無視だ。すらりと、彼はセルロイド製の赤子の人形を指さす。

「そちらは？」

「これは、亡くなった祖母の遺してくれた品です……あなたに子供ができたら、ぜひとも、これで遊んであげなさいと……小さいころ、私も遊んでいたものです。私の赤ちゃんは、冷蔵庫の中の胎児なので……体は大きかろうとも、人形遊びはできないのですけれども」

「つまり、思い出が詰まっている？」

「はい」

「大事な品で？」

「はい」

「ならば、置いてごらんなさい」

鏡見は言う。てのひらで、彼は黄金の天秤を示した。操られるように、女性は人形を左の皿のうえに置く。天秤のそちら側だけがかたむく――はずが、結果は違った。

あっと、ひなげしは声をあげた。

天秤は、完全に吊りあっている。

ギシギシと、腕と鎖が軋んだ。天秤は、赤子の人形と『ナニカ』を支えている。

黒く、見えない、もやもやとした『ナニカ』を。

(――あ、れ？)

ひなげしの母が長く戦っていた形なきものと、それは似た気配を放っている。そのことについて、ひなげしが深く考えようとしたときだった。

鏡見が指を鳴らした。パチンッという音とともに人形は消える。

カクンッと、天秤の腕が震えた。そして、鏡見は続けた。

「契約成立です――――圧倒的救済か、完膚なき破滅をごらんにいれましょう」

そうして、彼は笑う。その顔は、まるで悪魔か天使のようで。

どちらかはわからない。ただ、『人でなし』の笑みではあった。

『人でなし』は、『人ではない』。

つまりは、人外の表情だった。

＊＊＊

「あなた、名前は？」

「絢辻佐々李と申します」

あやつじ、さざり。そのひびきを、ひなげしは口の中で転がした。変わった名前だ。

医者のような調子で、鏡見はうなずいた。さらに、彼は半ば断定的な口調で続ける。

「それでは佐々李さん、あなたの胎児を見に行きましょう。助手もついておいで」

黒猫が伸びをするように、鏡見は立ちあがった。

特に異論を挟むことなく、佐々李も腰をあげる。

疑問を覚えているのは、ひなげしだけのようだ。助手とは？　と彼女はつぶやく。

聞こえているだろうに、鏡見はそれを無視した。木のように点在するいくつもの帽子かけの中から、彼は純黒のバケットハットを選んで手にとる。そうして、颯爽（さっそう）と歩きだした。

佐々李は後を追う。このままでは、ふたりとも行ってしまうだろう。

さてと、ひなげしは迷った。今、彼女には選択肢が提示されている。

追うべきか。

追わざるべきか。

なんとなくだが――草食動物の勘で――ひなげしはここそが運命のわかれ道だと悟った。追いかけることは、すなわち、鏡見の助手になることを認めるのと同意である。そして追いかけなければ、二度と彼の姿は見つけられない気がした。

それどころか、『黒屋敷』自体が夢のように消えるだろう。

誰にも教わっていないのに、ひなげしにはそう思えてしかたがなかった。

確か、鏡見も言っていたではないか。この場所は、『かたち』を求める。そして、ただの冬乃ひなげしにはこれといった『かたち』はない。単なる娘で、ただの少女だ。

ならば、『黒屋敷』は彼女のことを拒むだろう。

ざわざわ、ざらざら、ひなげしはきもちが騒ぐのを覚えた。

それではまるで彼女そのものには意味がないと言われているようなものだ。なんとも腹立たしい。だが、ひなげしにもわかっていた。彼女に限らず、ここはただの人がいてはならない場所なのだ。つまり『黒屋敷』に認められなければ――鏡見の助手にならなければ――ひなげしは今後普通の人生を歩むことになる。吐き捨てるように強く、彼女は思った。

（冗談じゃなぁい！）

母の失踪の謎も、『敵』の正体も、まだなにもわかってはいないのだ。こんな道半ばで、すべてを放りだすわけにはいかない。ならば、答えはひとつだけだ。

キッと、ひなげしは顔をあげる。扉からでる寸前で、鏡見は足を止めていた。バケットハットに指をひっかけ、彼はくるくると回す。そうして、鏡見はいじわるくたずねた。

「助手の分際で、ずいぶんと長い葛藤じゃないか？　それとも、君は助手ですらないのかな、ひなげし君？」

「お給料はいくらもらえますか！」

半ばキレながら、ひなげしはたずねた。母の失踪以来、高校進学は諦めている。ほかの就職活動を蹴って、ここで働くのならば、対価がなければ納得できない。

ひゅうっと、鏡見は短く口笛を吹いた。

「思ったよりも抜け目がないね」

「それはどうも！」

「そうだな。この家に泊まりたければ泊まってもいい。衣食住も保証しよう。給料は……わからん。あとで小切手を渡すから好きな額を書きこみたまえ。一括払いで失礼しよう」

「えっ！」

まぬけな声をあげて、ひなげしは固まった。好きな額とはなんだろう。仮に『三億』と書きこむとする。それでも鏡見は払うだろう。そう、ひなげしにはなにも言われずともわかった。予想もしない好待遇だ。だが、それは同時に。

（薄気味悪い）

ひなげしをとり巻く世界は、今までの現実から、どんどん乖離(かいり)している。彼女が黙っていると、鏡見はバケットハットをかぶった。そうして、つけ加える。

「あとは、そうだな。君の安全を守るとしよう。喜べ、冬乃ひなげし君。僕が人を守るだなんて、そんなこと――僕自身が望もうが――本来できやしないんだよ」

「でも、今、守るって」

「だから、君は喜ぶといいのさ」

よくわからないことを、鏡見は言う。その漆黒の瞳を、ひなげしは遠くから覗きこんだ。夜のような目だった。澄んだ中に嘘の色はない。気がつけば、彼女は自然と応えていた。

「わかりました」

「ふむ」

「あなたの助手になります」

「よろしい」

鏡見はうなずく。ひなげしは思った。

ここにも、ひとつの契約が成立した。だが、なぜだろうか。一連の流れは、もっと前に──それこそ、ひなげしのあずかり知らぬところで──勝手に、定められていた気がした。

彼女は思案に沈みかける。だが、そこで鏡見がわざとらしく咳をした。

「それでは聞くがね……依頼人を待たせることこそが、助手の仕事だとでも、君は思っているのかい？」

「あっ……し、失礼しました！　移動しましょう！」

そういえば、鏡見と会話をしているあいだ中、佐々李のことを待たせてしまっていた。

彼女へ、ひなげしは頭をさげる。おっとりと、佐々李は首を横へ振った。

「いいんですよ。……ゆっくりと、息をしましょう。冷蔵庫の中の胎児のように」

それは死んでいるのでは？　そう、ひなげしは思った。そこで彼女は気がつく。

冷蔵庫の中に眠る、胎児。

その生存を証明するものなど、なにひとつとしてないことに。

「行けばわかるさ」

くつくつと笑い、鏡見はこともなげにささやいた。

考えを読まないでくださいと、ひなげしは応えた。

＊＊＊

魔法を使って空でも飛ぶのかと、ひなげしは期待した。だが、鏡見はそんな——ある種、まぬけな——奇跡など起こさなかった。普通に、彼はスマートフォンでタクシーを呼んだ。

それもそうだなと、ひなげしは思った。現代は移動手段が豊富にあるのだ。たとえ、鏡見がヴァンパイアだったとしても、なにかしらの機械に頼ることだろう。

しばらくしてやってきたのは、会社には所属しない、個人タクシーだった。贅沢なことに、ドイツ車のボルボだ。運転席には、痩せた中年男性が座っている。

骸骨じみた印象のある彼は、鏡見の顔を見ると剃った眉をしかめた。

「また、アンタなんだな」

「やあ、毎度おなじみの僕だ」

「アンタは固定費だよ」

「わかってる。彼女の家へ行ってくれ」

「お姉さん、番地は？」

おっとりと、佐々李は答えた。ひなげしは記憶を探る。隣町の高級住宅街だ。

ひなげしたちが乗りこむと、運転手は車をなめらかに発進させた。反動はほとんど感じなかった。腕は確からしい。客に断ることなく、彼は煙草を咥えた。わずかに窓を開け、

──趣味なのか、金色のジッポーで──火をつけながらたずねる。

「いったい、今度はなんの騒ぎだ？」

「おや、聞くのかい？　冷蔵庫の中に胎児が……」

「あーっ、もういい、もういい！」

運転手は応え、極端に短い髪をガシガシと掻いた。かかわりたくねぇと小さな──しかし、隠す気もない──つぶやきがひびく。そこに、佐々李の淡々とした声が重なった。

「冷蔵庫の中の胎児は問題ではないのです。あの子と私を害そうとしている、見えない『誰か』のことこそが問題なのです」

「ええ、わかっていますよ。それでも、ね」

冷蔵庫の中のものこそが、すべてを呪っているので。

さらりと、鏡見は『佐々李に起きている災い』の正体を口にした。佐々李は目を見開く。

それは、彼女にとっては意外な答えだったらしい。だが、とひなげしは思った。

冷蔵庫の中に『ナニカ』がいるのなら。

それは、確かに人を呪うかもしれない。

そこは、とても、

(寒いだろうから)

＊＊＊

やがて発進のときと同様に、車はなめらかに止まった。短くなった煙草を、運転手はオプションパーツの灰皿で乱暴にもみ消す。吐き捨てるように、彼は言った。

「着いたぞ！」

「やあ、ご苦労、金は……」

「いつもどおり、振りこみでいい。それよりも、着いたって言ってんだよ！」

いらだちの声がひびいた。ほぼ追いだされるようにして、ひなげしたちは車を降りる。

バタンと、扉は閉められた。そして、ボルボは——今までの穏やかな走りが、嘘のような急加速で——去っていった。鏡見は肩をすくめる。ひなげしは目の前に建つ家を眺めた。

黒ずんだブロック塀に囲まれた、一般的な高さの二階建ての一軒家だ。

切妻屋根の瓦は青く、壁は白い。築年数はまだ新しそうだ。ナチュラルスタイルかつ、シンプルなところが好感のもてる建物だった。距離を開けて、遠くにもよく似た外観が見えるところから分譲住宅なのだろうと推測ができる。

塀のあいだを通り抜け、鏡見は家に近づいていく。

ウォールナット材の洒落たドアに、彼が触れたときだった。

（あ、れ？）

ひなげしは、異様な匂いを嗅いだ。その主張は、あまり強くはない。だが、確かな悪臭がただよっている。最初、彼女は下水管が詰まっているのかと思った。

だが、違う。

これは腐敗臭だ。

肉が腐っている。

（いったい、どこで）

ひなげしがそう思ったときだ。

ガチャンッと、鏡見は扉を開いた。不用心なことに、佐々李は鍵を閉めずに外出していたらしい。不吉な匂いは濃さを増す。腐敗しているモノは、どうやら家の中にあるようだ。そこで横からぬっと白い手が伸びてきた。バタンと、柔らかなてのひらが扉を閉める。

誰かと思えば、佐々李だった。

ひなげしはあれ？　と首をかしげた。先ほどまで、佐々李は確かに圧倒的救済を熱望していた。だが、今、その瞳にはまったく別の、切実な色が浮かんでいる。

「もう、いいんです」

彼女は言った。なにかを覚悟した声で。

「呪っているのがあの子なら、冷蔵庫の中の胎児なら、私はそれを受け入れます」

「それが、あなたの贖罪ですか？」

鏡見はたずねる——贖罪——一瞬、その意味が、ひなげしにはわからなかった。だが、遅れて、回答が頭に浮かぶ。『犠牲や代償を捧げて、罪をあがなうこと』だ。

おそらく、この場合の犠牲は佐々李だろう。つまり、だ。

己の赤子にならば、彼女は殺されてもいいと思っている。

「そうです。私はそれだけのことを、あの子にしたから」

迷いなく、佐々李は応えた。ふたたび、ひなげしは疑問を覚える。

冷蔵庫の中の胎児と、佐々李は穏やかに暮らしていたはずなのに。

(いったい、どういうことなのだろう)

漆黒の目で、鏡見は佐々李をまっすぐに見つめた。

そして、彼はある事実にして、真実を舌にのせる。

「冷蔵庫の中に、胎児はいない。彼らがいるのは子宮ですよ」

(ああ、――そうだ)

ひなげしは思う。

それはわかっていたことだ。最初から、わかりきっていたことではないか。

ならば、冷蔵庫の中には『ナニ』がいるのか。

「『胎児よ　胎児よ　何故躍る』」

なめらかに、鏡見は口にした。

それもまた有名な文章だ。夢野久作の『ドグラ・マグラ』の巻頭歌である。ひなげしはそれなりに文学少女でもあった。故に、彼女はその続きもするりと思いだした。

『母親の心がわかって　おそろしいのか』

「あなたは勘違いをなさっている。胎児は、母親を殺しません。胎児を殺すのは、いつだって母親の側だ」

「…………えっ？」

「だから、殺さない胎児は、呪いもしない。呪っているのは大人だよ」

ならば、

冷蔵庫の中には。

「家に入れてはもらえませんか？　パンドラの匣の中にこそ、災いの答えはある」

ゆっくりと、佐々李はうなずいた。彼女は扉を開く。

内側から、肉の腐った、粘つく匂いがあふれだした。

ひなげしは考える。

冷蔵庫の中に胎児はいない。

代わりにあるのは、きっと。

「大人の、死体だ」

＊＊＊

「慧眼だよ、助手君」

　そう言いながら、鏡見は家の中を移動した。

　廊下の途中には、佐々李の落ちたという階段があった。全体には灰色のカーペットが貼られており、シックな色調の壁紙と調和を見せている。その下の床には――出血の跡か――ドス黒い染みがあった。なにか、ひなげしは違和感を覚える。だが、それを深追いするひまはなかった。勝手知ったる他人の家とばかりに、鏡見が迷いなく進んでいったためだ。

　やがて、広々としたシステムキッチンに着いた。

　目立つ、黒色の大型冷蔵庫へ、彼は手をかける。

　腐敗臭はいよいよ濃くなっていた。だがそれに怯むことなく、鏡見は片開きの扉を開いた。勢いに――接着の緩くなっていたらしい――薔薇の形のマグネットがことんと落ちる。

　冷気があふれた。ぽたり、ぽたり、と汚らしい液体が垂れる。

　ひなげしは目を見開いた。

（ああ、）

『胎児よ　胎児よ　何故躍る』

　コレは、胎児ではない。

　コレは、踊らない。

『母親の心がわかって　おそろしいのか』

コレは、母親である人間の心もわからない。

きっと、だから、コレは死ぬことになったのだ。

「さて、佐々李さん。あなたにはコレがなにに見えますか？」

「なにって……大きな、胎児に」

鏡見は問う。佐々李は応える。ひなげしは思った。

違う。

改めて、彼女は冷蔵庫の中を見つめた。

プラスチックのスライドトレイは、とりはらわれている。元々、とり外しが可能なタイプだったらしい。そうして面積を広げることで、ソレは無理やり中へと押しこまれていた。

まるで、冷蔵庫が棺桶の代わりだとでもいうかのように。

だが、本物の棺とは異なり、その内部は狭かった。ソレに直立姿勢をとらせることは難しい。故に、ソレの四肢は折られていた。背骨も——おそらく複数回——中心部分に打撃を加えられたようだ。本来ならば不可能なほどの角度で、その背は綺麗に曲げられている。

だから、肉色のソレは、丸まった胎児のようにも見えた。

しかし、そうではないのだ。

「違いますね。先ほども言ったでしょう。あなたを殺そうと呪っているのはコレだ。そして、胎児は母親を殺さない。つまり、コレは胎児ではない」

そう、コレには萎縮した眼球がある。髪の毛もまだついていた。

だが、柔らかくなった肉はずるりと剝がれ、肋骨が覗いている。胸元には、――それが死因だろう――深い、刺し傷があった。穴の中から、ぐずぐずと変色した肉が見えている。幾重にも曲げられた腹肉のあたりでは、内臓らしきものがぶよぶよと癒着もしていた。

「コレはなんに見える、ひなげし君？」

言っていいのだろうかと、ひなげしは悩んだ。

絢辻佐々李は優しい夢を見ている。それを叩き壊せばあとには残酷な現実が待つだけだ。同時に、目の前に広がる事態は、本来ならば警察への通報が必要なものだった。善良な市民として放置はできない。だが――法の名のもとであれば、ヒトのユメを好きに崩していいのかと問われれば――ひなげしにはそうとは思えなかった。

それでも、

「……私は、」

「なんだい？」

「正義感からでも、義務感からでもなく、……このままでは佐々李さんも冷蔵庫に閉じこめられているようなものだと思うので、応えます」

ひゅうっと短く、鏡見は口笛を吹いた。どうやら、ひなげしの答えを、彼は気に入ったらしい。助手にいきなりこんなものを見せながらも、外道かそうでないのか、よくわからない青年だった。そう、呆れながらも、ひなげしは口を開く。

「コレは胎児ではない。成人男性の死体です」

「そう、おそらく佐々李さん――あなたの殺した、あなたの旦那さんだ。そして、あなたの赤子を殺した男でもある」

さらりと、鏡見は重大な情報をつけ足した。

草食動物というよりも、今回は女の勘で、ひなげしもその可能性についてはすでに考えていた。胎児と男が結びつく理由など、それくらいしかないのではないか、と。

だが、どうして鏡見にもわかるのか。そう、ひなげしはびびっと念を飛ばす。

鏡見はまあ待ちたまえという顔をした。やはり、器用なものだ。そうして、彼は続ける。

「では、おかしなところを紐解いて、現実に近づけていこうか」

圧倒的救済か、完膚なき破壊。

どちらかをお見せするために。

＊＊＊

冷蔵庫の中から、冷気と濁った液体があふれてくる。ぽたり、ぽたりと、単調な音が耳を叩いた。それを背景に、鏡見は滑らかに語りつむぐ。

「あなたが言ったのですよ。二階の階段から落ちて『血まみれになって、入院し』たと。だが、この建物は平均的な高さで、階段はカーペット貼りだ。足を踏み外したところで、入院が必要なほどの出血をするのは難しいでしょう。だが、切迫流産であれば話は別だ」

床に、だらりと血の広がる凄惨な光景を、ひなげしは思い描いた。先ほど見たカーペットに残されていた染みが、彼女の想像を裏づける。

佐々李は目をまばたかせた。なにを言われているのかわからないようだ。だが、激しい頭痛を覚えたものか、彼女は強く額を押さえる。そのさまを眺めながら、鏡見は続けた。

「さらにそこから先の展開についてもおかしなところがある。『帰ってきて、料理をしようとして、やめて、包丁を戻して、冷蔵庫を開けた』。なぜ、料理をしようとしてやめたあとに冷蔵庫を開けるのですか？　また、包丁を戻したことだけを強調した理由は？　そして胎児はそのあとに出現している……ならば、流れはこうだ」

「わたし……私、は」

「『帰ってきて、料理をしようとしたときに、諍いが起こって夫を刺殺、包丁を戻したあと、冷蔵庫を開けて、夫をしまった』」

そして、『冷蔵庫の中の胎児』は完成した。

ひょいっと、鏡見は勝手にカウンターテーブル内の椅子に座った。外套のすそが、黒い水溜まりのように広がる。滔々と、鏡見は語った。

「人が冷蔵庫に死体を保管する理由なんてひとつ。腐敗を遅らせるためですよ。腐ると、人間はなにかと扱いにくいからね。ただし、あなたの場合はそのために造りあげた光景がトラウマに直結し、現実逃避もあいまって、胎児が生きているという幻覚を見るようになってしまった……それでも、いくら死体が似ていたところで普通そんな夢は見やしない」

漆黒の瞳で、鏡見はじっと佐々李を見つめる。

さらなる力をこめて、佐々李は頭を押さえた。まるで、そこに彼の視線が物理的に突き刺さっているかのように。うめく彼女に、鏡見はたずねる。

「ナニが、あなたにユメを見させた」

「――――この男が悪いのよ」

不意に、佐々李の口からは意味の通ずる言葉があふれた。今まで以上に、彼女の両目は焦点があっていない。だが、泥水に張った油膜のごとく、危うい正気の光が宿ってもいる。

そうして、佐々李は弾むような声で告白した。

「きっかけは、マッチングアプリでした」

＊＊＊

もともと、マッチングアプリで、佐々李と夫は知りあった。それで幸せになる夫婦も、近年では数多い。だが、残念なことに、佐々李の夫はタチが悪かった。

彼は、佐々李の悪阻がひどく、妊娠初期から性行為を拒んだことを理由として、同じマッチングアプリで浮気相手を探した。そうして、彼はある美女とマッチングし、メッセージを重ねた。無料のコミュニケーションツールへ移動すると、彼女は巧みな話術で彼を魅了した。そして、『あなたには、人にはないセンスと才能がある』と外国為替証拠金取引を勧めた。彼女に教えられたホームページから実際に取引を行うと、数十万の儲けがでた。

ここで、彼は女性との再婚を決意する――この一切は、佐々李が夫自身の口から、『すぎさったことへの愚痴』として聞かされたものである。

そして――ここから先は憶測だが――夫には佐々李とお腹の子が邪魔になった。

特に、赤子は産まれれば、別れたあとも長く養育費が必要となる。だから、夫は——佐々李に大量の洗濯物を持たせて——二階の彼の部屋からでる背中を押したのだ。

その後の記憶は、判然としない。

激痛。圧迫。出血。混乱。気絶。

目覚めたとき、佐々李は病院のベッドにいた。お腹はぺたんこになっていた。

夫に押された気がした……そうとは思ったが、言えなかった。確信がなかったからだ。なによりも、そうされる理由が見つけられなかった。

帰宅後、夫に一連の告白をされるまでは。


佐々李が寝ているあいだに、夫の立ち位置は激変していたのだ。

美女のアカウントは消えていた。彼女の送ったホームページとともに。

正規の取引所を装った、偽サイトだったのだ。

そこに、夫は全財産を入れていた。

額が額だ。警察にも話をしなければならない。隠しきることは不可能な状況だった。だから、夫は佐々李にすべてを話した。まいったよという口調で。反省してる。だから、俺は悪くないだろう？　そういう、語りかただった。

「お金のことは、正直問題なかったんです。私の知りたかったのは、押したのか、押さなかったのか、それだけでした」

押してないと、夫は言った。

バカだな。そんなおそろしいこと、この俺がするわけないだろう。

押すわけがない。

神に誓って、押すものか。

それよりも、ふたりめを作ろうな？

「押したな、とわかりました。だから」

ブスッと。

カウンターテーブル上に置いてあった、包丁で。

佐々李の夫は愚かだった。寝物語にすれば反撃もできたかもしれないのに、料理中を選んだ。そして日頃から、佐々李は包丁をこまめに研いでいた。

夫は死んだ。まず、彼女は冷蔵庫に彼を押しこめることにした。

自首するか埋めるか、悩む時間が欲しかったからだ。だが、それはあとから思いついた言い訳にすぎないのかもしれない。佐々李はすでに証拠を隠滅する道を考えていたし、なにより冷静な判断などできてはいなかった。包丁を抜き、あふれた血を用意してあった紙おむつに吸収させて包丁は戻して体が固まってしまってからでは難しいため——埋める場合に身元の発覚を遅らせるためにも——服を先に脱がせ、麺棒などを駆使して骨を折った。

そうやって、夫を冷蔵庫に詰め終わったあとのことだ。

「そうだ」

誰かが家に来た。

また、佐々李の記憶は混濁する。

白い。白。女。貘（ばく）。かわいそうに。同情。哀れみ。メェぇえ。メェえ。もういいの。もういいの。痛くない。貘？　アレはなに？　気にしないで。こうすれば痛くないからねぇ。

そうして、女はささやいたのだ。

「『あなたは、どんなユメが見たいの？』」

「そうして『冷蔵庫の中の胎児』は完成した、と？」

鏡見の問いに、佐々李はうなずいた。

つまり、とひなげしは考える。誰かが彼女に都合のいい夢を見させたのだ。夫を殺害した事実はなくなり、胎児も生きている。そんな歪(いびつ)で幸福な、先には破滅しか待たない夢を。

それは、

（すっごい、悪意を感じる！）

そんなもの、決して善意ではない。この裏にはなにか悪いものがいる。ひなげしはそう確信する。思わず、彼女は固くこぶしを握った。その前で、鏡見は佐々李に問いを重ねた。

「ほかに、なにか、『女』の情報は？」

「ありません。なぁんにもありません」

子供のように、佐々李は首を横に振る。

軽く、鏡見はため息をついた。ぼそりと、彼はつぶやく。

「やれやれ、また尻尾の先だけか」

「う、ん？　鏡見さん！」

「なんだい、助手君？」

「あなた、もしかして心当たりがあるんですか？」

「まあね。怪異探偵なんざやっていると、視界にチラチラする相手さ……そして、忘れちゃならないよ。僕が相手にするのは怪異だ」

「つまり、は？」

「殺人を暴くことなんて二の次にすぎない」

そこで、ガタガタと冷蔵庫が揺れだした。

ハッとひなげしは気がつく。そう言えば佐々李は元々は殺人の自覚なく、依頼をしたのだ。家に自分と赤子を害そうとするナニカがいると。黒幕らしき女とは別であろう、見えないナニカが。それは――佐々李が早々にいると確信した――害をなす『悪い誰か』だ。

すでに、鏡見は気がついていることだろう。ひなげしにもわかる。

佐々李が――不吉な物事を、偶然として処理せずに――悪意あるナニカを確信し、恐れたのは、かつて害をなしてきた存在と、己の罪の結果を、無意識的に認識していたためだ。

つまり、ソレの正体は、

「殺された人間はよく祟る」

呪っているのは、

佐々李が恐れたのは、

冷蔵庫の中の、彼女の夫だった。

＊＊＊

「見えないまま、ではなにかとさしさわりがある。では、『怪異の原因』――『この場の王』に現れてもらうとしようか」

パチンと、鏡見は指を鳴らした。

瞬間、ひなげしは全身に圧がかかるのを覚えた。彼女は動いてはいない。それなのに、まるで、『見えない線を踏み越えた』かのようだ。おそらく、越えてはならない境界を。

瞬間、ひなげしの視界は一変した。

乾いたシステムキッチンに、黒いヒトガタが現れる。

ソレは人の形をしていた。だが、もう生きてはいないものだとわかる。人間はソレのように異質な空気をまとってなどいない。ソレは人の成れの果てであり――負の感情だけが形をとった――魂の残骸だった。憎悪と殺意をこねあわせた泥であり、怨念と呪いの塊だ。

ひたすらにたたずみながら、ソレは佐々李を恨んでいる。

ぺったりとした顔の部分が、薄くぼこりと膨れあがった。次いで、パチンと弾ける。あとには暗い穴が開いていた。その奥より、奈落の底からひびくような声が漏れだしてくる。

『さぁあああああああああああザッリィいいいいいいいいいいいいいいいいいいい』

「ひっ!」

『よくもオレをコロシころ、殺じだな。殺してやる。おまえもオマエモォ、オレグワァ』

ずりずりと、ソレは前に進みはじめた。折れている足が、ぐにゃぐにゃと蛸のように踊る。黒い染みがあとへと続いた。どういう仕組みか、それは沸騰するように泡立っている。

縫い留められた蝶のように、佐々李は硬直していた。彼女は動けないようだ。

このままではなす術なく、ヒトガタに殺されてしまうだろう。無惨に。残酷に。

ひなげしは思った。これが罰か。彼女は殺人の罪に、追いつかれたのだろうか。

けれども、

(それでも)

『殺してやるおまえもおおおおお、赤ん坊と同じようにいいいいいいいいいいいいい!』

あっ、コイツ、本当に押したんだ。

そう、わかった瞬間だった。

ひなげしの心は決まった。もうなにが悪いのかも、罪の重さも知るものか。

こういう思いきりのよさは、少女だけの特権だ。ならば、使うほかにない。

黒いヒトガタに向けて、彼女は走りだした。ハッと、佐々李が息を呑む。短く、鏡見は口笛を吹いた。そのすべてに、ひなげしは反応することができなかった。ただ、心のままに彼女は走る。振りあげた腕を、ひなげしは勢いよくブン回した。彼女は声を張りあげる。

「どっせい！」

そうして、ひなげしはヒトガタを殴り飛ばした。

＊＊＊

ぶ厚いタイヤに、指が当たったような感触がした。

骨が激しく痛む。へたをすれば、折れたかもしれない。まぬけもいいところだ。

それでもよかった。ひなげしは腹の底から声をだす。

「なんで大事にしなかったんだよ！」

『うっ……あっ？』

「人をないがしろにして、あんたは子供を殺した！　そんなことしなけりゃ、こうはならなかった！　そのことを、なんとも思わないんですか！」

彼女は叫ぶ。怒りをこめて訴える。その後ろで佐々李がなにかをつぶやいた。

ひなげしは、彼女のことも振り返る。おろおろと、佐々李はその名を呼んだ。

「……ひなげしさん」

「あなたもですよ、佐々李さん！　ユメになんて逃げちゃいけなかったんだ！　バカみたい！　ふたりともバッカみたい！　なにしてんですか、私よりずっと大人のくせに！」

なにひとつとして言葉はうまく形にならない。ただ、ひなげしは泣いた。ポロポロと大粒の涙を落とした。人間は死ねば元には戻らない。そんな簡単な事実がめちゃくちゃにされている。そのことがひたすらに悲しかった。もう一度、彼女は軋むこぶしを振りあげる。

「特に、アンタ！」

『あっ？』

「絶対、アンタには佐々李さんを殺させない！　彼女は、自分で自分の罪を償うべきだ！　殺されたことには同情する。でも、少しは反省しなさいよぉおおおお！」

思いっきり、ひなげしは黒いヒトガタを殴りつけた。瞬間、『なにかに触れた』ような感覚があった。まるで、固い泥の中に埋まっていた石に、偶然、指が当たったかのようだ。

ポンッと、弾かれたナニカは床に転がりでる。

短髪の男性だ。それはちゃんと人の形をして服も着ている。だらしなさそうだが、優しいところもありそうな大人だった。彼は頭を横に振る。ぼうぜんと佐々李は口元を覆った。

「……タツヤくん！」

『えっ……あれ……俺はなにを』

「うん？　えっ、なに、これっ」

「人は、多面性を持つ生き物だ」

突然の男性の出現にひなげしは混乱する。そこへ鏡見の声がひびいた。相変わらず、彼は椅子に腰かけたままだ。その足元には、外套のすそが池のような漆黒の円を描いている。うん？　とひなげしは首をかしげた。なんか、黒が周りを侵食している気がする。

知らぬ存ぜぬとばかりに、鏡見は言葉を続けた。

「善き面もあれば、悪い面もある。黒に染まろうが、白に染まろうが、通常はまだらもようだ。決して、一色にはなりきれない。それを切り離すのは、重量の同じ色水をわけようとするもの。困難なうえに、なによりもめんどうだ。故に、僕ならば両方を喰わせるところだが……流石やるじゃないか、助手君」

「もっと簡潔に！」

「君は佐々李さんの夫のタツヤ氏の、善き魂の分離に成功したんだよ」

「はい？」

冬乃ひなげしはただの少女、のはずだ。まさか、そんなことが自分にできるとは、彼女は微塵も予想しない。だが、見れば、分離したタツヤという男性はさめざめと泣いていた。

その場に、彼は土下座をする。タツヤという男性は、佐々李に深々と頭をさげた。

『すまなかった……本当にすまなかった。俺は、おまえを……俺たちの子を』

「そんな、私も……私だって、タツヤ君を」

　ふたりの泣き声がひびく。謝罪の声が重なった。よかった。なにもかもが、あまりにも遅すぎるけれども。通じあうことができて、まだよかったと、ひなげしは安堵の息を吐く。

　だが、一方で、黒いヒトガタは消えてはいなかった。しかも、殺意を失ってはいない。

『ざぁあああああああああザァアアアアアアアアアアりぃいいいいいいいいいいいいいい』

　ふたたび、それは蠢きはじめた。

　タツヤという男性はハッとした。半ば透けた体で、彼は佐々李のことをかばおうとする。

　それは無理だと、ひなげしは草食動物の勘で悟った。

　この絶望的状況を覆してくれそうな人物など、ひとりしかいない。

　怪異探偵・鏡見夜狐だ。

　彼女はカウンターに視線を投げ――。

「なんでその外套、自己増殖してるんですかぁ？」

「その驚きかたはあんまりじゃないかと思うんだがね、ひなげし君」

　ひなげしは目を丸くした。それほどまでに、鏡見と繋がる黒は広がっていた。今や、床を覆いつくさんとしている。そこが不気味に蠢いた。一部が、滑らかに持ちあがる。泡立ったのではない。その動きは――生き物が、動物が、獣が――黒の中から、重い身を起こそうとしているものだった。帽子のつばに触れて、鏡見はささやく。

「僕は依頼された。そして、解決する。コレがその方法さ……怪異を食わせるんだ」

夜のケモノ
『夜獣』にね。

闇が伸びあがった。夜が、具現化した。

ソレは鏡見の名のとおりに狐に似ていた。だが、馬にも近かった。鳥も思わせた。とにかく、ソレは獣だった。あらゆる動物の親戚であり、すべてに見捨てられた姿をしていた。群れの長でありながら追放された一頭でもあった。つまりはわけのわからない存在である。

確かなことはひとつだけだ。

ソレの顎は巨大だった。

ばくんと獣は黒いヒトガタを食べる。

瞬間、ふっと、善き姿も掻き消えた。

それで、おしまい。

あとには乾いたリビングと、冷蔵庫の中の死体が残された。

＊＊＊

「えっ……タッヤ君っ⁉　タッヤ君！」

「無理だよ。善き部分は付属物にすぎない。彼の本体は怨みによってこの世にかたちを残していたんだ。灰が消えるときはね、塵も残らない……しかし、善き部分は『夜獣』に喰われたわけではなく、逝くべきところへ消えただけだから安心するといいよ。助手君のおかげさ。僕ではこうはいかなかった」

謳うように、鏡見はささやく。しばらく、佐々李はぼうっとしていた。だが、涙をぬぐう。鏡見の言葉を嚙みしめるように、彼女はうなずいた。ふらりと、佐々李は立ちあがる。

冷蔵庫からは、濁った液体が垂れ続けていた。それを眺めて、彼女は唇を開く。

「……警察に、自首します。鏡見さん、ひなげしさん、ご迷惑をおかけしました」

「天秤は吊りあった。僕は対価をもらっている。ひなげし君は、僕の助手だ。気にすることなど、誰に対してもないさ」

「いやいやいやいやいやいや」

思わず、ひなげしは光速で首を横に振った。彼女の人権が考慮されていない。だが、実はひなげしの心中は——鏡見の物言いにツッコんでいる場合ではないほど——荒れていた。彼女は深い混乱をきたす。先ほど鏡見のだしたモノ。

夜のケモノ。黒き『夜獣』。アレではない。だが一番似ている。

（お母さんの戦っていた黒いナニカに）

いったい、母はどんなシロモノを相手にしていたのか。

そして、負けたのか。ひなげしは思い悩む。

そのあいだにも、事態は動いていた。不意に、佐々李が甘い声をだしたのだ。

「あの……私は逮捕されるでしょう……でも、刑務所からでるまで、どうか、私のことを待っていてはもらえませんか？」

「僕にかい？」

「そう……鏡見さんに」

「いやいやいやいやいやいや」

別の意味で、ひなげしは首を横に振った。つい先ほどまで、佐々李は夫の名を呼んでいた。さらに、ここにはその死体もある。彼女の熱を帯びた告白は、あまりにも突然すぎた。

自分のせいだと、鏡見はひなげしに片目をつむる。

「やれやれ、また、惚れられたか。これは僕の抱えた一種の業のようなものでね。関わった女性には、ほぼすべてと言える確率で告白される運命なわけさ」

「全国の非モテな人を、敵に回しそうな性質ですね」

「まあね。しかし、僕は契約に縛られる存在だ。ソレ以外には、誰とも寄り添えない運命でね……つまり、佐々李さん。あなたのことも選べやしないんですよ」

すげなく、鏡見は断わる。

一瞬、佐々李は泣きそうな顔をした。だが、しかたがなさそうにうなずく。

途端、熱がひいたかのように、彼女はまばたきをした。冷蔵庫の中の死体を、佐々李はふたたび見つめる。その表情には、深い悲しみだけがあった。小さく、彼女はつぶやく。

「『胎児よ　胎児よ』」

それは、今はもう、

どこにも、いない。

＊＊＊

このまま、佐々李は警察に自首するという。

鏡見とひなげしのことは巻きこめないと、彼女はふたりに帰宅を勧めた。佐々李の決意を信じて、探偵と助手は大人しく現場をあとにした。

日は暮れかかっている。白い家の壁は橙色に染まっていた。

先ほどの運転手に、鏡見は電話をした。彼がスマートフォンを使うさまは、なんとも滑稽なものだった。怒鳴りながらも、運転手は迎えを承諾したらしい。薄く、鏡見は笑った。

「けっきょく、金の亡者なんだ。アレは」

「あのう、それよりも、鏡見さん」

「なんだい、助手君？」

ひなげしはたずねようとする。『夜獣』について、母について。

だが、そのときだった。

『もうすぐね』

「……えっ？」

女の甘い声が、彼女の耳をかすめた。

ひなげしは顔を跳ねあげる。一瞬、道の先に白い姿と、黒いモヤモヤが見えた気がした。

だが、それは幻のごとく、掻き消える。心底、ひなげしはゾッとした。

いったい、

母はなにと。

「どうしたんだい？」

「……なんでもないです」

「そうかい」

ひなげしは言う。鏡見はうなずく。そうして、彼は漆黒の目を細めた。

「刻（とき）はくるものだ。いずれ、ね」

数秒後、ひなげしはなに言ってんですかと聞いた。

大きく鏡見はため息を吐いた。彼は肩をすくめる。

「これだから、君という助手はダメだ」

「ダメっていうほうがダメって学校で習いました」

「最近の中等教育は、どこまで退化したんだい？」

迎えが来るまで、ふたりは言いあう。

そのときだ。どこか、遠く遠くで――

メェええという声がひびいて、消えた。

第弐話　少女神

『驚異の部屋』は薄闇の中にある。

皿のような鱗、渦巻きのように捩れた蜂の巣、奇形の子犬のホルマリン漬け、本物の人の指の干物。雑多でおぞましいものたちが転がる中央では、金色の天秤がかがやいていた。

それを挟んで、ふたりの人間が円形の席に着いている。

ひとりは男で、ひとりは女だ。

そして男のほうは人とは呼べないのかもしれなかった。彼は美しい姿をしている。女の目には彼は中年の男性のように見えた。だが、己の胸元に手を置いて、男はのたまうのだ。

自分は人ではない、と。

「僕は鏡見夜狐。怪異探偵。こうして人に似た『かたち』はあるが存在は薄い。契約に常に縛られていなければ世界にはおられない身です。だから僕は依頼を求める。なれども」

男——鏡見は漆黒の目を細める。両手を組みあわせ、彼は笑みを浮かべた。

その表情は優しく、また、驚くほどに酷薄でもある。

「この機会に、僕に依頼をするのはオススメしません」

「……なぜ、でしょうか？」

「今、僕には助手がいない」

女——登美子という依頼人——の細い問いに、鏡見はさらりと応えた。

言われて、登美子はあたりを見回す。確かに、『驚異の部屋』には彼以外に誰もいなかった。たとえば——冬に咲く花のように可憐で、儚げな——少女の姿もない。

「いいですか。僕自身は『人でなし』。食らうだけのシロモノだ。たとえば人を守ることなど、僕本人が望もうが本来できやしないんです。それこそが、僕に課せられたコトワリというやつでしてね……だから」

「だから？　なんなのですか？」

「助手がいれば、その手で変わるものもありましょう。しかし、今は『いない』とくる。つまり、あなたを待つものは圧倒的救済か、完膚なき破壊かのどちらかだ——あるいは、天秤の動き次第では、なにも与えられないか。ならば」

「今はやめておいたほうがいい……とおっしゃるので？」

ええと、鏡見はうなずいた。

その前で、登美子は唇を嚙む。彼女は、古典柄の訪問着をまとっていた。光沢のある布地には、四季の花々と鴨が描かれている。帯は金色、裾の花には螺鈿の細工。全体が淡く、上品にまとめられていた。それを見事に着こなしながら、登美子自身も相応の品を放っている。歳こそ重ねてはいるものの、一輪の花のような風情を失ってはいない。だが——

彼女は鬼であった。

呪いのように低い声で、登美子はささやく。

「今でいいのです。中途半端な結末などいりません。みんな粉々になってしまえばよい」

「物騒なことをおっしゃいますな」

「本当に、物騒と思っておいでですか？」

聞かれて、鏡見は唇を歪める。まさかとでも言いたげに。あるいは本当ですよと諫めるかのように。だが、どちらでもよい。どちらだろうがその決意を変えるには足りなかった。

ギュッと、彼女は強くこぶしを握る。白く、骨が浮かびあがるほどに。

そして、鬼の声でささやくのだ。

「主人はまだ歳若い少女に殺されました」

「そうですか」

端的に、鏡見はうなずいた。そんな悲劇は聞き飽きたとでも言いたげに。あるいは実にお気の毒だと嘆くかのように——どちらでもよい——彼は知っている。

どちらでも同じことだ。

「以来、私の周りではおかしなことばかりが起こるのです。哀れにも亡くなった彼が、少女への恨みでやっているに違いないのです。どうか、どうか、あの人の無念と情念を晴らしてやってくださいな」

「受けるのは、僕じゃありません。天秤次第だ。載せなさい。量るがよいのです」

あなたの怪異にふさわしい、大切なものをね。

登美子は指輪をとりだす。中心に大粒のダイヤがはめられた代物だ。内側には、日付の刻印がある。結婚指輪だろう。彼女はそれを空いている皿のうえに載せた。

もう片方に黒いモヤモヤが形をとりかけ——だが霧散して消えた。

天秤は吊りあわない。指輪の載せられた皿だけがさがったままだ。

華奢な椅子をひき、鏡見は立ちあがる。

「契約は不成立だ。おひきとりください」

そう言って、彼は優雅に登美子へ帰りをうながした。

がっくりと、うなだれて、彼女は小さくつぶやく。

助けて欲しかったのに、と。

＊＊＊

数日後、鏡見は揺り椅子の中で目を閉じていた。

そのさまは、大きな鴉が翼を閉じて休んでいるようでもある。

隣には新旧混ざった本が山と積まれていた。そのあいだに読みかけの手紙が挟んである。はみだした封筒の表には『冬乃』というあて名が見えた。便箋には『鏡見さん、私はお話ししたとおりに四月の金沢へ旅行に来ています。お土産ですが』との文がつづられている。

そこまで読んで——急速に内容への興味を失い——鏡見は手紙を無理に押しこんだようだ。

すやすやと、彼は健やかに眠り続ける。

だが、そのときだ。コンコンと音がした。『驚異の部屋』の扉が叩かれたのだ。

すげなく、鏡見は応える。

「誰もいないよ」

返事はなかった。扉を開くものもいない。

しばらくして、鏡見は立ちあがった。無数に落ちた奇怪な品々をひとつも踏むことなく、彼は部屋を横断して扉を開く。そこには、今日の朝刊が落ちていた。ふむとうなずき、鏡見はそれを拾う。紙面を、彼はひっくり返した。重々しい見出しが、一面には並んでいる。

『少女連続殺人事件』

ここ数日、たて続けに少女が刺殺され、遺体が各所に捨てられているのが発見されたという。警察は連続殺人事件と見て、慎重に捜査を進めているらしい。

そこには大きな赤文字で、『夫がやった』と書き添えられていた。

くすりと、鏡見は笑う。

「……怪異は人を殺すが、ね」

新聞を畳み、彼は床のうえに戻した。

そうして、鏡見はしばし考えこんだ。だが、揺り椅子に戻ると、ふたたび目を閉じた。

しばらく、彼は沈黙に包まれた時間をすごす。暗くなったころ、鏡見は立ちあがった。

黒猫のように伸びをして、彼は帽子かけをさぐる。鏡見は純黒の中折れ帽を手にとった。

それを深くかぶって、彼は歩きだす。

『黒屋敷』から、鏡見は外へでた。ぐにゃりと、建物は大きく歪む。

あとには、乾いた墓地だけが広がっていた。

＊＊＊

「完璧な死にざまと聞けばどんなものを思う？」

「はあっ？」

それが個人タクシー――ドイツ車のボルボ――に乗りこんだ鏡見の第一声だった。

髑髏(どくろ)じみた印象のある運転手は、隠す気もなく不快そうな声をあげる。それに対して、鏡見は軽く肩をすくめた。改めて座り心地のいいシートに体を預けながら、彼は指を組む。

「完璧な死にざまとは、人によって異なる。中には、常人の範疇を逸脱した歪なものこそが、本人にとっては正しい形に他ならないこともあるだろう……だが、これだけを聞いても、わけがわからないか」

「これだけもなにも、いつ聞いてもアンタの言うことはわけがわかりゃしねぇ……それと、アンタは固定費だよ？」

「知っている。あとで請求してくれればいいさ」

流れるように、鏡見は応えた。金銭の大小に、彼は構うことはない。その決まりきった反応すらも気にいらないのか、運転手はいらいらと煙草の箱を手にとった。鏡見に断わることなく、一本をだすと咥えて火を点ける。それから、細く煙を吐きながらたずねた。

「で、だ。今日はどこへ行きたいんだ？」

「……まずは図書館かな」

「おいおい、アンタがか!?」

「資料保存、記録保全という意味合いではあそこには勝てはしないよ……希少本の数ならば『黒屋敷』のほうがうえだがね」

「いや、聞いてねぇし」

流れるような応えを自慢と受けとったのか、運転手は舌打ちする。滑らかに、彼は車を発進させた。だが、自分がなにに向けて進んでいるのか気になったものらしい。不安を舌に載せて、運転手はたずねた。

「……今度はなんの騒ぎだ？」

「『少女連続殺人事件』。それのかかわりさ」

そう聞くと、運転手は軽く目を見開いた。あからさまに、彼は不快そうな顔つきをする。だが、『もういい』とは言わなかった。代わりに、チラチラと、運転手は目を左右に泳がせる。その怪しいさまをバックミラー越しに見つめて、鏡見はたずねた。

「なにか、話の種でもあるのかい？」

「……それは」

「愉快な事柄ならば言い値をだすが」

ぶっすりと、その言葉は思うところに突き刺さったらしい。

運転手は首を左右に振り、天を仰ぎ、また下を向いた。だが、心は早々に定まったようだ。ギッとミラー越しに鏡見を睨み、彼は続けた。

「事件をどこまで知っている？」

「全体の『かたち』。断片からそのほぼすべてをわかっているつもりだが、詳細はなにも」

「わかってんだか、わかってないんだか、どっちだよ……まあいい。知り合いの刑事を載せた際に『色々仕入れた』……茶の間に流せる話でもねぇし、犯人の特定情報として警察はまだ伏せているそうだが、犯行は当初ただの刺殺だったが残虐性を増しているそうだ」

「ほう」

「最新のやつは、内臓が生きた状態ですげぇことにされてたそうだ……そのうえで四肢も損壊されていたって話だが、この変化は……」

「そいつはよくないな」

とすんと、鏡見は言いきった。彼がそのような反応を返すとは思わなかったのだろう。

運転手は眉根を寄せた。違和感のある言葉を口内で転がしたあとに、彼は問いかける。

「おまえさんでもよくないと思うのか？」

「ああ、よくないね。実に、よくはない」

「そうだよな……年端もいかねぇ娘がかわいそうなこった」

「いや、死体のほうはどうでもいい」

とすんと、鏡見はふたたび言いきった。不快そうな顔をして、運転手は押し黙る。

その後ろで、鏡見は窓辺に頬杖をついた。黒髪をさらりと揺らす。ほほ笑みに似た形に、彼は目を細めた。そうして、謳うようにささやく。

「いや、しかし……救えないものが、救えなくなるだけだ。それは」

いいのか、悪いのか。

謎かけのように、彼は続ける。それに応える声はない。

そうして図書館へと向かい、鏡見は車を待たせた。

続けて、彼はある場所へと移動した。

＊＊＊

夜になっても、繁華街には人が多い。

道路は、昼とは別種の明るさで満たされている。色つきの光が闇を切り払い、あるいは無理やり押し退けていた。その強烈な圧は、まるで人工の洪水だ。また、ネオンの艶やかさは女の媚態や化粧を、酔客へと連想させた。だが、それは短絡的思考というものだろう。人間が形作るものは――けっきょく、欲望全体の象徴であり――そこには男も女もない。

客引きの声がひびく。今なら、クーポンが使えるよ。うちなら飲み放題で、三千円ぽっきり。いい娘がいるよ。美人ぞろいです。あがる誘いは、酒か色にまつわるものばかりだ。

仕事帰りの会社員が、すでに赤い顔で足を止める。数名の女性グループが、カラオケの中へ入った。先輩に肩を叩かれた若者が、道を行く美女たちに声をかけては玉砕していく。あらゆる人々がこの夜を思い思いに楽しんでいた。

そうした騒ぎの端に、若者の溜まる公園があった。

スケボーをするもの、ダンスに興じるもの。夜を泳ぐ巨大な魚のごとく、影たちは跳ね、回り、躍る。ただ漂っているクラゲのように、やることなくふらふらしているものも多い。中には、あからさまな家出少女の姿もあった。

この場に足を運んで、間もないのだろう。あちこちに固まったグループからひとり、距離を開けている娘がいた。ネット喫茶に泊まっているのか、誰かに持ち帰られてでもいるのか、その体は清潔さを保てている。だが、全身からはぬぐいきれない疲労が読みとれた。

やや暗がりに、彼女は立っている。その肩に、不意に手が伸ばされた。白い指が娘に触れようとする。だが、不埒な手首を、別の骨張ったてのひらが摑んだ。

「あっ」

「おやめなさい」

少女へ腕を伸ばしたのは、登美子だ。今の彼女は動きにくい着物を脱ぎ捨てている。代わりにレザージャケットとジーンズをあわせ、らしくもない茶のカツラをかぶっていた。止めたのは鏡見だ。相変わらず、彼は夜そのもののような姿で立っている。繁華街には似あわない——染みのようなありさまで——鏡見は平然と存在していた。

ふたりに気づくことなく、少女は去っていく。

登美子の耳元に、鏡見はささやいた。

「日本の警察はバカじゃない。早晩、あなたは捕まるでしょう。ですが、それを『今』にする必要はないと思いますがね？」

わずかに、鏡見は顎を振る。

その先には一見なんの変哲もない——無秩序で平和な——繁華街の人混みが広がっていた。だが、道路脇には目立たないように白いバンが停められている。監視対象の異変に気づいたのか、中から強面の男が降りてきた。

登美子は顔を青ざめさせる。鏡見はささやいた。

「走りますよ？　よろしいですね」

「……は、い」

うなだれながら、彼女は応える。

瞬間、鏡見は登美子を姫のように抱きあげた。嵐のごとく、彼は彼女を攫う。光が後ろへと長い線を描いた。周囲の光景は速度に溶け、あっという間に見えなくなる。

そうして運ばれながら、登美子は気がついた。

途中から鏡見は彼の足では走っていなかった。夜の中を、彼は——狐に似ているがそれよりもずっと異形な——ケモノに乗って駆けていく。思わず、登美子は混乱の声をあげた。

「わ、私達は、ナニ、に？」

「驚かせましたか？　昼は無理ですが、夜ともなれば、コレは足としても使えるもので」

「……はぁ」

「着きましたよ、このあたりでよろしいですか？」

鏡見は問う。登美子は顔をあげた。彼女は目を細める。暗くて、あたりはよく見えない。

だが、どこまで走ってきたものか——生臭い潮の香りがした。空気は重く、湿っている。

ふらふらと、登美子は歩きだした。スニーカーの靴底で、ザクザクと砂が砕ける。

どぉぉおおおんと音が聞こえた。鼓動にも似たひびきは、なん度もくりかえされる。闇の中、黒に染められた水が蠢いていた。それは生物のように、果てのない動きを続ける。

彼女の前には、海が広がっていた。

＊＊＊

『海にいるのは、』『あれは人魚ではないのです。』」

不意に、鏡見はつぶやいた。だが、登美子にはその続きがわからなかった。彼女には教養がある。しかし、中原中也の『北の海』を好んではいなかった。

しかたなく、鏡見は自ら続ける。

「『海にいるのは、』『あれは、浪ばかり。』」

曇った北海の空の下、
浪はところどころ歯をむいて、
空を呪っているのです。

いつはてるとも知れない呪。

「あなたはなにを呪っておられるのですか？」

「……私、が？　ちがいます。呪っているのは、夫です」

「そう、あなたは思っておられる。信じておられる。だが、天秤は吊りあわなかった」

ゆるり、鏡見は唇を曲げる。その事実が指し示す答えはひとつだけだ。

だから、彼はソレを告げる。


「怪異などない」


だが、少女は死ぬ。刺殺される。その、意味するところはなにか。

「怪異は人を害するが、刃で刺しはしない。あの事件は、あなたが起こしていたものだ。そんなことは獲物を探す様子からもわかっている。ただし、ことはそう単純じゃあない」

バサリと、鏡見は闇に輪郭の解けた外套からなにかをとりだした。ほいっと、彼はソレを砂浜のうえに投げ捨てる。手を伸ばしかけて、登美子はハッと息を呑んだ。ソレから、彼女はすばやく目を逸らす。

廊下に置かれていた朝刊とは別の——もっと古い——数カ月前の新聞のコピーだった。

そこには、ある事件が報じられている。

「当時、十一歳の少女の訴えにより——強制性交等罪、および強制わいせつ罪の疑いで—

―食品卸売業勤務の四十代の男性が逮捕された――ここまでならば、よくある事件だ」

だが、男性は拘留中にシャツを使い、首を吊って自殺した。遺書は残されていたという。

その後、被害児童が証言をひるがえし――ふたりのあいだには金銭の授受、および合意があったことが判明――児童買春罪へと、罪状は被告人死亡のままに切り替えられている。

「これはあなたの夫ですね？　少女は母親に男性との関係に気づかれ、残酷な嘘を吐いたという。それで男性は逮捕され、より重い罪にかけられかけ、自殺した。なるほど身からでた錆ではあるが、確かに『少女に殺された』と、言い換えてもおかしくはない状況だ」

「……ええ」

「でもね。それにしてはおかしなところがあるのです……僕には、あなたの夫の姿は見えない。天秤はかたむかなかった。本当に、男性は恨んでも呪ってもいないのです」

「……う、うう」

「そうして、あなたが告発した少女を逆恨みし、『少女という生き物』を意図的に殺しているだけならば話はわかりやすい。けれども、僕のところに依頼に来た時点で、あなたは『少女たちは、夫が殺しているものだと信じていた』。いや、あるいは信じこみたかった」

登美子はうめくのをやめる。虚ろな目を、彼女は夜の海へ投げかけた。

鏡見もそれに倣う。一瞬、彼は少女の嗤い声を聞いたように思った。

だが、そんなものはここにはいない。

『海にいるのは、

あれは人魚ではないのです。

海にいるのは、

あれは、浪ばかり。』

「あなたが本当はなにを許せなかったか、当てましょうか？」

「……当てられるもので、あれば」

「夫が『完璧な恋』をしたことだ」

どぉおおん、どぉおおんと、海は啼く。曇った夜空の下、浪はところどころ歯をむいて、空を呪っているのだ。いつはてるとも知れない呪いで。登美子の夫もまた少女に対し――。

そうであれば、よかったのに。

「人の自死をする理由はいくつかある。せめて、彼に『少女に裏切られて、失意のままに首を吊って死ぬような人間でいて欲しかった』。あなたはそう強く願ったのでしょう？」

しかし、そうではなかった。

鏡見のつぶやきに、応えはない。ある意味、それが答えであった。

ある男がいた。

彼は少女を愛した。そして裏切られ、死を選んだ。だが、恨んではいない以上――
「男は恍惚と死んだ」
その歪みきった事実を前に、
残された妻は、壊れたのだ。

＊＊＊

ゆっくりと、登美子は口を開く。どろりと重く、彼女は告白を吐きだした。

「あなたの推測のとおりです……夫は少女の若く未成熟な肉体を愛するだけの、ただの変態ではありませんでした。彼の性質はもっと根深く、どうしようもないほどに歪んでいたのです……遺書を読んで、私はその事実を知りました。知りたくは、ありませんでした」

「あるいはそれこそが、最も残酷なことであったのかもしれませんね……人はときに常人の枠をはみだす。当人にとって、それはいたしかたのないことだ。逃れようのない性質であり、衝動です。だが、歪さを吐きだしてしまえば、周りのものをも歪めることとなる」

登美子はうなずく。砂浜に涙がぼとりと落ちた。声を殺して泣きながら、彼女は続ける。

「彼にとって、少女とは神だったのです」

少女とは美しく、甘やかなものだ。同時に、少女性と処女性は固く結びついている——太宰治がカチカチ山の兎を、うら若き処女にたとえたように——少女とは、残虐性も持ちあわせているものだ。男という生き物は哀れな狸のように、彼女たちの手によって背中に火を点けられ、泥船とともに沈められなければならない。

少女には、処女には、乙女には、残酷が許されている。

それこそが登美子の夫の信念であった。

あるいは、生涯を通じた信仰であった。

『まともに生きよう』と、彼は一時は試みた。妻も娶った。だが、欲と信心に負け、己に素直になる道を選んだのである。そうして彼は少女に裏切られて、死まで追いつめられた。

完璧な結末であった。

今、自分がいかに幸せであり、正しき世界にいるか。そう、夫は書き遺した。それを渡された瞬間の、警察の、弁護士の、哀れみと嘲笑をともなった顔を登美子は忘れられない。

そうして、彼女は壊れた。

いや——？

「そこまで、人は壊れるものなのか？」

鏡見は問う。

登美子はまばたきをくりかえす。そうだ。たとえ夫がどうしようもなく歪な死を選んでも、それが波及したのだとしても、彼女もまたこれほどまでに致命的に壊れるなど異常事態だ。事件の告発者の少女を、登美子は特に狙わなかった。ただ、ただ、彼女は夫が正当性を持っていたという幻覚を保つため、他人を殺し続けた。

そんなことのためだけに、自分の手を血に染めた。

なぜ、こうなったのか。

「わ、」

「はい」

「私は耐え難く恥ずかしくて、辛くて、そのときに、だ、誰かが」

白い誰かが家に。

そこから、登美子の記憶は混濁する。

純白。美しい女。獏。かわいそうに。同情。哀れみ。メェえ。メェえ。もういいの。

痛くない。獏？　本当に？　考えなくてもいいわ。こうすれば痛くはないからねぇ。

そうして、女はささやいたのだ。

「『あなたは、どんなユメが見たいの？』」

「……なるほど、ね……『獏の女』、か」

「えっ？」

「『白い女』でもいいのですがね。仮にですが、そう呼ぶことにしました」

鏡見は言う。

そこで、登美子の告白は終わった。

鏡見はなにも続けない。彼は怪異探偵だ。怪異のないところ、本来ならばやることなどない。ただ、彼が今回かかわりを選んだのは——怪異に近い存在であり悪質な——影が見え隠れしたからだ。それだけにすぎない。故に、鏡見は救済も破壊もなにも見せはしない。

最初に、彼が登美子に告げたとおりに。

『助手がいれば、その手で変わるものもありましょう。しかし、今はいないとくる。つまり、あなたを待つものは圧倒的救済か、完膚なき破壊かのどちらかだ』

『——あるいは天秤の動き次第では、なにも与えられないか』

ただ、海のように、鏡見はそこにあるだけだ。

それでもなお登美子は縋るようにささやいた。

「ねぇ、鏡見さん」

「なんでしょうか？」

「先ほどのように、私を連れて、嵐のごとく、どこまでも逃げてはくださいませんか？」

「いけません」

そう、鏡見はすげなく応えた。登美子の顔に――分厚い泥の面が割れるような――致命的な絶望が浮かぶ。彼はそれにはかまわなかった。帽子のつばに触れて、鏡見はささやく。

「僕は契約がなければ人を助けることもできない身。申し訳ありませんが誰とも添い遂げることはできないのです。あなたのために夜を駆けることはできても、二晩以上を費やすことはできません。契約という縛りのなきところ――誰とも――僕は添えないのですよ」

「それでは……なぜ、私をお助けになられたのですか？」

「助けておりません。なにも変わりはしません」

静かに、鏡見は言いきる。

残酷で、絶対の、真実を。

「あなたは殺人者だ。早晩、捕まるでしょう……それに、気づいておられませんか？　あなたはどうやら楽しみはじめておられるようだ。死体の変化、耳にしましたとも」

「……それは」

「信じるためだけの行為であれば、それは『貘の女』にそそのかされた結果にすぎない。だが、熱い湯を注がれた器とはいずれ壊れるもの。殺人という行為に手を染めるうちに、あなたの本質もまた、粉々になってしまった」

女は自分の手を見た。白いてのひらには、なにもついてはいない。だが、そこには拭い難い紅色が染みついている。鏡見は首を横に振った。厳格な医師のごとく、彼はささやく。

「もう、手遅れです」

登美子は顔を伏せた。鏡見はなにも言わない。

どぉおおおん、どぉおおおんと、海は啼く。

その晩、夜が明ける前に。

彼女はひとり首を吊った。

＊＊＊

最初に、死体を見つけたのは鏡見だ。

昨日のうちに、彼は夫人を自宅へ送り届けた。

そして——そんな気がしたから——彼女の家を再訪し、鏡見はソレを発見した。

登美子の邸宅には立派な梁があった。そこから彼女は重い果実のように、ぶらりとぶらさがっていた。関節は外れ、首は異様に伸びていた。骨が折れたのだろう。幸いにも長く苦しんだ形跡はなかった。穴が緩んだせいでこぼれた糞尿がフローリングを濡らしていた。

そして、そこには手紙が二枚、置いてあった。

一枚は登美子の手紙だ。

助けて欲しかったのに。

そうあった。

もう一枚は、

「……なるほどね」

鏡見は、紙をぐしゃりと握り潰す。

そこには紅い文字が描かれていた。

邪魔をするな。

「宣戦布告というわけか」

そう、鏡見はにぃっと嗤う。
まぎれもなく歪んだそれは、
『人でなし』の、表情だった。

第参話　みっつの首

「旅行にでて思ったんですが、鏡見さんは私がいないとまるでダメですね！」

『驚異の部屋』に、ひなげしの明るい声がひびく。

古本の黄ばんだページから、鏡見は顔をあげた。呆れたように、彼はささやく。

「ダメっていうほうがダメだと、学校で習ったんじゃなかったのかい？」

「それはそれ、これはこれです」

「都合がいいね……ちなみに、僕のことをダメだと思う根拠は？」

「実際に、まるでダメだからです！」

掃除の手を止めて、冬乃ひなげしは腰に手を当てている。実際、彼女がいないあいだ、鏡見は日常生活を送る努力を放棄していた。不在のうちに増えた埃の量に、ひなげしは呆れかえり、また、悪戦苦闘もしている。そうして元気よく、彼女は宣言を放ったのだった。

対して、鏡見は淡々とした口調で応える。

「よくわかった。今日はもう帰って、頭を水風呂に最低二十分はつけて冷ますといい」

「遠回しに、死ねって言ってますよね？」

「まさか。怪異探偵の助手はその程度で死ぬ器ではないものだと、僕が固く信じているだけのことだよ」

「どんな化け物なんですか、それ」

眉根を寄せ、ひなげしは唇をとがらせた。だが、返事はない。

知らぬ存ぜぬとばかりに、鏡見は揺り椅子のうえで本をめくった。

ひなげしの奮闘を手伝うつもりなど、彼にはいっさいないらしい。そんな鏡見を、ひなげしはときおり、念と物理でつついた。だが、鏡見は完璧に無視を貫き通している。

四月も、もうすぐ終わりだ。

空は晴れわたり、明るい五月の気配を孕んでいる。だが、この場所は相変わらず薄暗い。

せめて窓があればいいのにと思いながら、ひなげしは言葉を続けた。

「まあ、おかげさまで、高校入学後に、母が生前に愛した旅館に行けて気分は晴れましたよ……やっぱり、そこでも母の失踪についての情報はなにも得られなかったんですけどね」

「それは残念なことだ。成果のない旅は、無駄足とも言えようからね」

「そうでもないですよ。楽しかったです！　……こうして旅行に行けるのも、進学が叶ったのも、鏡見さんにいただいたお給料のおかげですね。私がいくら書けばいいかを迷っていたときに、高校に行ける額を推してくれたこと、本当に感謝しています。だから、私、一生懸命働きますよ！　それと、これはせめてもの感謝のきもちに」

そこで、ひなげしは置いたままにしてあった袋に触れた。はいっと、優しい表情で、彼女はそれをさしだす。受けとることはないままに、鏡見は目を細めた。ひなげしは続ける。

「約束していたお土産です」

「……なんだいこれは？」

「金沢二十一世紀美術館で買った、変なシャツ」

「人をがっかりさせる天才か、君は？」

「なんでですか、変なシャツおもしろいじゃないですか！」

「そもそも金沢二十一世紀美術館にはミュージアムショップが二つ設置されており、フォトジェニックな建物にふさわしいアートな品々の数々があるはずだがなぜこんなことに」

「詳しいじゃないですか」

「まあね」

しれっと鏡見は応える。相変わらず、人でないのだか俗世にまみれているのだか、よくわからない青年だった。めげることなく、ひなげしは『驚異の部屋』に変なシャツを飾る。穴に逆さまに落ちた人の描かれた逸品は、意外とよく馴染んだ。さてと、彼女は息を吐く。

「鏡見さん、そろそろ教えてくれてもいいんじゃないですか？」

「なにをだい、ひなげし君？」

「母とあなたの関係について」

「そろそろもなにも……それについて、今まで君になにかを聞かれた覚えは欠片もないんだがね？」

本に視線を戻しながら、彼はささやく。見れば鏡見はヘルマン・ヘッセの原語版の短編集をめくっていた。その整った顔を眺めながら、ひなげしはハタキを握る手に力をこめる。

彼の言うとおりだ。『冷蔵庫の中の胎児』の事件以来――いや、それよりも前から――ひなげしは鏡見と母にかんする話をしてこなかった。急な進学の決定でバタバタしていたこともある。合格していた公立校への入学手続きは母の失踪前に終えていた。そのため――本来であれば学校への相談後、自主退学の形をとって就職する予定だったが――そのまま進学した。そしてひなげしは――母の友人だったという――旅館経営者の急な誘いで金沢を訪れた。そこで彼女は母の失踪にかんする意見を聞くとともに、引きとることはできないが、せめて金銭的援助はしたいという申し出を受けた。前ならば、涙を流して喜んだことだろう。だが、今は大丈夫だからと、ひなげしはありがたく断わった。

鏡見には、それだけの額を振りこまれている。しかも、税金分のオマケつきだった。

なにからなにまで、この青年は謎だった。

『君が僕のそばにいるのは、その身を守ることにつながる。同時に、僕の助手を務めるのは、いつ死ぬのかわからないということだ。人間の臓器は部位によっては三千万円程度で売れる。合計額以上はもらっておくといい……それと、助手の仕事は忙しくはないよ。暇ならば、その金で高校にでも行けばいいんじゃないか？　教養とは、買う価値がある』

それが鏡見の勧めだった。守ると言葉にする一方で、いつ死ぬかわからない職に就かせるとは矛盾している。さらに高校にも通わせるなど——優しいのだか、そうでないのだか——理解不能だ。だが、数々のおかしな点ついて、彼は特に思うところはないようだった。

そんな鏡見に対して、ひなげしはどうしても聞けなかったのだ。

（いったい、母はナニと戦っていたの？）

不用意にたずねてしまえば、彼は遠慮なく応えるだろう。そして、ひなげしは二度と安眠できなくなるのではないか。これについての確信はなかったものの、彼女はそう怯えた。

佐々李の家から帰る途中、女の甘い声が聞こえたことも、不吉な予感に拍車をかけている。

ひなげしにはわかっていた。

母が相手にしていたモノを。

聞いては、ならない。

耳にしてはいけない。

それでも、

「母が戦っていたナニカからは怪異と……なにより『夜獣』と似た気配がしたんです」

「へぇ、君はそう感じたのか。興味深くはあるな」

「っ！　やっぱり、なにか知っているんですか？」

心臓をバクバクさせながら、ひなげしは問いかける。

パタリと、鏡見は本を閉じた。口を開き、彼は低い声をあふれさせる。

「『鳥は卵からむりに出ようとする。卵は世界だ。生まれようとする者は、ひとつの世界を破壊せねばならぬ。』」

一瞬、ひなげしはなにを言われたかわからなかった。だが、彼女はそれなりの文学少女でもある。ひなげしの脳は自動で反応した。該当の文章が記憶の底からひっぱりだされる。

ヘルマン・ヘッセの『デミアン』の一文だ。

身構えていたぶん、ひなげしはむくれた。同時に、彼女の頭には文の続きが浮かんだ。

口を開いて、ひなげしはつぶやく。

「『鳥は神のもとへ飛んでゆく』」

「残念ながらね。お客さんだよ」

そう鏡見は揺り椅子から体を起こした。なにを言っているのかとひなげしは話を続けようとする。だが、直前で息を呑んだ。廊下から騒々しい足音と喋り声が聞こえてきたのだ。

「本当にここなのかな？」

「わかんない……わかんないよ」

「わかんないって、空子(そらこ)の情報じゃん」

相手は三人。しかも、若い。ふっと、ひなげしは思った。

少女たちは、飛んできたのだ。

神の御元を訪れるかのように。

＊＊＊

「ええっと……『金の天秤はこちらにございますか？』」

「『あなたが求むるかぎり、ございます』」

本当だーっ！　本当に言うんだーっ！　と歓声があがった。

やってきたのは、女子高生の三人組だった。

しかも、ひなげしが一応志望校の候補に入れていた私立女子校の制服を着ている。一本、白いラインが入った、水色の襟と同色のスカートが印象的なセーラー服だ。ちなみに近隣男子からは実に評判がよく、女子からは『垢ぬけない』と称されているデザインでもある。

佐々李以来、客が来たのは——ひなげしのいるときでは——はじめてだ。

どうするべきかわからなかったので、彼女は『驚異の部屋』に転がる茶器と紅茶缶、クッキー缶を適当に活用し、お茶と菓子をだした。もてなしにはコレらが必須と思ったのだ。

だが、鏡見の表情を見るかぎり、この対応は必要なかったらしい。

一方で、女子高生たちは喜んだ。

「わーっ、こんなのだしてもらえるんだ。ありがとうございまぁす！」

「あっ、どうもすみません。申しわけないです」

「ねぇ、ねぇ、外国のお菓子だよね、これって。あっ、ちゃんとタダですかー？」

うーむと、ひなげしは悩んだ。前回の佐々李はある意味、わかりやすかった。彼女は圧倒的救済を渇望していた。だが、今回の子たちは、なにを求めてやってきたのかが不明だ。

怪異の暗い陰を背負っているようには見えない。

同じことを考えたのか、鏡見は重くささやいた。

「言っておくがね、お嬢さんがた。『三月兎のお茶会』は開かれてはいないんだ。ここは本来、資格のあるものにしか入れないはずの場所だが……もしも迷いこんだだけだと言うのならば帰りたまえ。さもなくば、『ジャバウォック』にでも会う羽目になるだろうよ」

「……『ジャバウォックに用心あれ！　喰らいつく顎、引き摑む鉤爪！』」

ルイス・キャロル作、『アリス』の該当文章を、ひなげしは思いだした。

それに、現実の声が重なる。三人の女子高生の中のひとり——空子と呼ばれていた、今まで謝ってばかりいた少女——が文章を暗唱したのだ。どうやら彼女も文学少女らしい。

あとのふたりは、あっけにとられている。

眼鏡の奥の小粒な目を、空子はゆらりと揺らした。

あっとひなげしは思う。それは救済を求める目だ。

「もちろん、迷いこんだわけではありません。怪異探偵さんに、ご相談があるんです」

「ねぇ、空子？　本気で話すわけ？」

「お金とられない？　私、あんまり持ってないよ」

残りのふたりがひそひそとささやく。だが、空子はそれにかまわなかった。

すうっと、彼女は息を吸いこむ。覚悟を決めた様子で、空子は口を開いた。

「私たちには、中央広場を落下する、みっつの首の幻影が見えるんです」

＊＊＊

元々、空子たちの通う、椙城(すぎしろ)高校にはある噂があったという。

前提として、彼女たちの学校では文化祭が非常に盛大に行われる。

学生たちによる文化祭の進行と開催には、教師側も力を入れており、夏の文化祭期間には校内への居残り、夜遅くまでの活動も推奨されるという——ちなみに、その『体育会系』な結束具合が嫌で、ひなげしは椙城高校を進学候補から外したのだ——ミュージカル、合唱、演劇、屋内展示、屋台、他から、クラスは希望を表明することができ、代表生徒による話しあいとくじ引きの末に、最終的な割り当てが決められる。なかでもプロも審査員に加わる舞台演目の過熱具合は異常で、毎年、過呼吸を引き起こすクラスさえでるという。

だが、それでもなお『伝統』の名のもとに文化祭の規模は維持され続けてきた。

たとえ、自殺者がでても。

「ちょっと待って……自殺者？」

「はい、昔、二年生の子が、文化祭の居残りと、受験勉強との両立のストレスに耐えかねて、中央広場へ飛び降りたんです」

あくまでも、それは噂話にすぎなかった。だが、この学校ならば本気で起きかねないと考えられていたともいう。該当の少女は二階の教室からでたあと、中央広場前の手すりまで移動、廊下から逆さまにまっすぐ落ち、即死した。広場では文化祭の様々な演習が行われていた。故に少女が死んでもなお、明るく踊り続けていた生徒たちもいるという。

だから、それにまつわる怪談が、いくつか椙城高校には残っていた。

いわく当時はやっていた、あるアイドルグループの歌は中央広場では流してはならない。それは、少女が飛び降りたとき、ダンスチームがかけていた曲だから。いわく、『カルメン』を舞台で演じてはならない。それは、少女のクラスが、演じるはずだった物語だから。

空子たちも、それを守っていた。

そのはずなのに、

「中央広場へとくりかえし落下する幻影――みっつの首が見えるようになったんです。少女たちの首が」

「それの幻が落ちてくんだよね。マジキモいっていうか。みんなは見えないって言うし」

「キツイんよね……私たちだけ、どうしてっていうかさ」

空子の隣に並んだふたり――明奈と、夕張という少女たちはささやきあった。明奈は華やかで、夕張は淑やかな印象のある少女だ。空子とはあまり相性がいいようには見えない。

それはともかく、一時、三人から意識を逸らせて、ひなげしは考えた。落下するみっつの首。とは、みっつの頭部ということだろう。少女たちの頭の幻影が、ごろりごろりと落ちてくる。想像するだけで不気味な光景だ。けれども、おかしなところがある。

「待って、広場で死んだのはひとりでしょう。それなのに、なんでいったいみっつも首が落ちるの？」

「私たちに言われましても……」

「それに、なんで首だけが？」

「『首だけ』なことと、『みっつが落ちる』ことについては、推測が可能かもしれない」

ひなげしの疑問に対し、不意に鏡見は口を開いた。

それはなにかと、ひなげしは首をかしげる。同時に、彼女は気分が悪くなるのを覚えた。

首。

落下する、みっつの首。

そんな話ばかりをしていたせいだろう。

自分の首が体についていることが、なんだかおかしく思えてしまったのだ。

＊＊＊

「落ちたのはひとりだ。だが、本来ならば三人が落ちる予定だったんだよ」

推測を、鏡見は口にした。ふたたび、ひなげしは首をかしげる。なぜ、彼がそう言いきれるのかがわからない。己の分のカップを持ちあげ、鏡見は空子にたずねた。

「二年生の教室は、たいてい二階にある。違うかい？」

「そ、そうです。私たちのところも二階です」

野暮ったく結んだ髪を揺らして、彼女は応える。鏡見はうなずいた。彼は紅茶をひと口飲む。フォートナムアンドメイソンのロイヤルブレンドだ。思わず、ひなげしはたずねた。

「淹れかた、悪くないでしょう？　美味しいですよね？」

「あいにく、三大娯楽のうちのひとつである『美食』は捨てた身でね」

失礼じゃないですかねと、ひなげしはびびびと念を飛ばす。

やめたまえという表情を、鏡見は浮かべた。眉をしかめたまま、彼は話を続ける。

「二階の高さは平均して十メートル前後。落下姿勢が途中で完全に逆さまになり、即死するには高さが足りない。故意にそう落ちることはできなくはないがね……だが、『みっつの』首が見えるという事態とあわせると、『どうしてそう落ちたか』の推測がなりたつ」

カチャリ、鏡見は皿にカップを戻した。デンマーク製の陶器に刻まれた、桃色の羽根の蝶が、それを受けとめる。そうして、彼はある推測をつむいだ。

「落ちるとき、少女は誰かふたりと『手を繋いでいた』んだよ。だが、左右のふたりは落ちるのをためらった――結果、まん中の少女はぐりんと逆さまになり、そのまま落下――『首の骨を折って』死んだんだ」

あんぐりと、ひなげしは口を開けた。三人の女子高生も同様だ。

確かに、それならば、少女は逆さまになったうえで、まっすぐに落下する。『首の骨が折れた』という事実は『首だけ』の謎に、三人という数は『みっつが落ちてくる』謎に、それぞれかかわってきそうだ。けれども、

「あれ、それなら、左右のふたりはけっきょく、死んでないですよね？」

「そうなるね」

「なのに、なんで、みっつが落ちるの？」

結局わからないとひなげしは腕を組む。

それ以上を、鏡見は語らなかった。だが、彼にはその謎もまたすでに解けているらしい。早く答えを言えと、ひなげしは念を飛ばした。それを完全に無視して、鏡見は空子に問う。

「それで、君は天秤に置くものを持ってきたのかな?」

「ええっと」

空子は皿にぬいぐるみつきのキーホルダーを置いた。とある巨大テーマパークのマスコットであるミント色の猫だ。ハロウィン衣装を着ている。真剣な調子で彼女は口を開いた。

「これは私たちがバイトでお金を貯めて行った旅行の、お土産なんです。友情の証です」

「空子、私、置くの嫌だよ」

それをさえぎって、明奈という少女が言った。彼女は——地毛なのか——艶のある茶髪を、指にくるくると巻きつける。リップで薄く飾った唇を、明奈はとがらせた。

「この子さ、せっかくの限定品なんだよ? フリマアプリにだせば結構いくし。それなのに、置くの? 他に方法だってあるんじゃない?」

「たとえばどんな?」

「どんな、って……」

明奈は言いよどんだ。だが、それは方法が思いつかなかったというよりも、口にしがたかっただけのようだった。彼女はなにを考えていたのか。ひなげしが問おうとしたときだ。

「はい、私の分。こういうのは完全なタダじゃないからこの程度ならしかたないっしょ」

長い黒髪を揺らして、夕張が前にでた。潔く、彼女は自分のキーホルダーを置く。

じっと、夕張は明奈を見つめた。空子には意見ができても、彼女相手には難しいらしい。

しぶしぶ、明奈はキーホルダーを置いた。みっつがそろうと、天秤は動いた。

ひなげしは目を見開く。

軽い。

実際の重さよりも少なくしか、皿はかたむきはしなかった。まるで三人の友情を否定するかのように。だが、黒いモヤモヤが片方の皿に載ると――かくんと、天秤は吊りあった。

小さく、鏡見はささやく。

「怪異も、また軽い、か……いいでしょう。契約は成立です」

圧倒的救済か、完膚なき破壊をごらんにいれましょう。

「もっとも真におそろしいのは怪異ではないでしょうがね」

鏡見は嗤う。ひなげしは首をかしげる。

かくんっと、その骨が軽く音をたてた。

＊＊＊

「詳細がわかりましたよ」

ひなげしは鏡見に言う。揺り椅子のうえで、鏡見は目を閉じたまま動かない。

円形の机——天秤の前に——彼の食事の準備を進めながらひなげしは続けた。

「授業終わりに遠出して、図書館と『新聞博物館』まで足を伸ばしたんですがね。未成年の自殺なこともあり、そこではほぼ情報は得られませんでした」

「僕はなにも言っていないのに、ご苦労なことだね」

「本当ですよっ！」

「嫌味だからね？」

「で、です。真に情報源となったのは、空子さんに教えてもらった、学校掲示板でした」

にんじんと長ネギを練りこんだ鳥つくね——和風餡かけ——の横に、彼女は具沢山のお味噌汁を並べる。さらに、炊きたてのご飯と、根菜を中心とした白出汁の煮こみをそえた。

さすがに匂いがしたものか、鏡見は顔をあげる。どうだと、ひなげしは胸を張った。

メニュー一覧を見て、鏡見は言う。

「拷問か？」

「この美味しそうな料理の数々になんてことを！」

「残念ながらね。前にも言ったが僕は『美食』は捨てた身なんだ。栄養補給も必要ない。この存在は薄く、現世に肉はないも同じだからね。だから僕は物理的法則に縛られは……」

「鏡見さん、あーん」

「人の話を聞きたまえよ」

鏡見は絶対零度の声をだした。だが、ひなげしはめげない――箸で挟んだ――鳥つくねをさしだしたまま、彼女は動きを止めている。決して、ひなげしに諦めるつもりはない。その考えを、鏡見も読んだらしい。ぱくりと、彼はつくねを口に入れると咀嚼した。

ひなげしは表情を明るくする。

「食べた！」

「僕は鳥の雛ではないよ……あのね、これはしょせん君の自己満足であり、食物を捨てるに等しい行為だと認識したほうがいい」

「自己満足なんて承知のうえですよ。だから、材料はいただいたお給金から買ってます。料理は趣味ですから、お気遣いもなく」

「あのねぇ」

「それに」

不意に、ひなげしは真剣な表情をした。

鏡見の漆黒の目を、彼女は見つめる。小さく、ひなげしはうなずいた。

「お腹が空いている人を見ると、なんだか放っておけないんですよ」

「……つまり、君には、僕が物理的に飢えているように見えると？」

「はい」

「……なるほどね。一理ある」

なにかを、鏡見は納得したらしい。

深く、彼はため息をついた。席に着くと、鏡見は箸を持った。思わず、ひなげしは頬をゆるめる。なんの感慨もなさそうに料理を平らげながら、鏡見は続けた。

「そう見せたのは僕のミスだ。だから今日は食べるがもうやらないよう。無駄だからね」

「はーい、次はもっと軽いものにしまーす」

「無駄の意味を辞書でひきたまえよ」

そう言いながらも、鏡見は箸を動かし続ける。

その食べかたは洗練されており、細やかで上品だ。相変わらず、味の感想はない。

だが、ひなげしはひとまず満足する。味噌汁を飲み終えたあと、鏡見はたずねた。

「それで、学校掲示板ではなにがわかったんだい？」

「あっ、そうでした。大変だったんですよ。掲示板と裏掲示板のログを、開設時から現在まで全部見たんですから」

当初有志の生徒が設立し、今も学生による管理がされている掲示板。

そこに『裏』があるという事実に、当初、ひなげしは戦慄した。

だが、意外にも近年の書きこみは少なかった。多くの生徒は——鍵つきのSNSやメッセージアプリ、果てはログが残らない多人数用通話サービス——に移行しており、掲示板は表、裏ともに廃止が検討されている状態だったのだ。

「もう、URLとパスワードを知っている生徒自体も少ないらしくて……今では、雲形のアイコンの生徒が『文化祭の縮小運動の必要性』を過激に訴えていたくらいでしたね！」

「嫌な廃墟だよ」

だが、過去はそうではなかったのだ。

生徒の不満や、噂、目にした光景が、盛況に書きこまれていた時代もあった。

「掲示板にアクセスする生徒数の減少、ならびに、過去ログまで漁る人がいなかったせいで薄れていきましたが……事件の詳細は、鏡見さんの推測したとおりだったみたいです」

ぎらぎらと輝く、夏のさなか。

教室のクーラーも故障していたという、うだるように暑い日。

死んだ少女は、友だちふたりとともに飛び降りようとした。だが、左右の少女たちは文化祭用の飾りつけに——学校指定の——カーディガンがひっかかって、ことなきを得た。

だが、中心の少女は、ふたりにひっぱられて前のめりになり、逆さまに落下した。

「……まあ、予想どおり、だね」

あっさりと、鏡見は言う。ひなげしはムッとした。

なんだか、彼にはまだ彼女に話していない、『気づいていること』があるように思える。その証拠のように謎はまだあった。『首』だけが見えることについては、『首の骨が折れて死んだ』という印象の強烈さのせいだろう。それが怪異に影響を及ぼしたように思える。だが、他の謎は残ったままだ。まずはひとつ。死にかけたのは三人だが、実際に死んだのはひとりだけだ。それなのに、なぜ、落下する首の幻影はみっつ見えるのか。

ふたつ。空子、明奈、夕張の三人に、なぜ、それが見えるようになったのか。

それらについて、ひなげしが口にしようとしたときだ。箸を置いて、鏡見はたずねた。

「……彼女たちが来てから、なん日が経った？」

「えっ……四日ですけど？」

「明日で五日、か……頃あいだろう。ためしに行ってみるとしようか」

そう、鏡見は口にした。ひなげしは問いかける。

「行くって、どこへですか？」

「椙城女子校へ、だよ」

さらりと、鏡見は言う。だが、ひなげしは慌てた。

「ちょっ、さすがに、それは無理ですよ！」

出入りの多い文化祭準備期間ならばともかく、日ごろは潜入できないだろう。文化祭は夏だ。まだ本格的な始動には早い。そう彼女は訴える。だが、問題ないと、鏡見は続けた。

「僕はどこにでもいて、どこにもいない。そういう生き物だ。ほとんどの人間は、光景の染みなど気にしないものさ。そして君は生徒の肉親とでも通じるだろう。さあ、明日だ」

中央広場に、首ではなく、

人が落ちかねないからね。

そう、鏡見は酷薄に笑った。

＊＊＊

桜はすでに散った。今では新緑を背景に、五月の青空が広がっている。

生徒たちの帰宅時刻は半ば以上をすぎていた。ひなげしの高校が終わってから『黒屋敷』に合流後、改めて訪れた結果である。もっと早くに来て、人に紛れるべきだったかと、彼女は悩んだ。むむむとひなげしはジャージに包まれた腕を組む。色が似ていたことから、彼女は潜入衣装に自校のものを着用していた。そのまま、ひなげしはびくびくと進む。

広い坂道へ続く校門には老いた守衛の姿があった。だが、上手くマラソン中の運動部に紛れこむことができた。鏡見のことが心配だったが——自己申告のとおりに——誰も黒い姿を目にはしていないようだ。今日はその頭に彼は純黒のハンチング帽を載せている。

足早に校内を進みながら、ひなげしは鏡見にたずねた。

「これから、どうしますか？」

「そうだな……まずは二階に……空子君たちは、まだ帰っていないんだったね？」

「はい、文化祭の候補案選定の会議が長引いたみたいです。さっき、聞きました」

「なるほど、わかった。まずは教室に行こう。そこから先は『なりゆき』次第だ」

「そんないい加減な」

「そろそろ起きる、という気がしただけなものでね」

ひなげしは首をかしげた。だが、言われたとおりに校舎に向かい、靴を袋に入れて鞄にしまうと、自校の指定の室内履きをはいた。デザインが違うので、これはさすがに目立つ。急がなくてはならない。土間付近に飾られたトロフィーのショーケース前を越えて、ひなげしは階段に足をかけた。二階に向かう。空子は確か四組だ。そのときだった。

ひなげしのスマートフォンが、甲高いマーチをかき鳴らした。

通りすがりの少女たちの視線が集まる。容赦なく、鏡見は舌打ちした。

「バカ」

「すみません」

ひなげしはスマートフォンを確認する。そして、目を剝いた。

空子から、メッセージが届いていた。学校の掲示板のURLとパスワードを送ってもらったさいに彼女とIDは交換している。先ほども、それで在校を確認させてもらったのだ。

問題なのは、送られてきた内容だった。

『すみません。みっつの首の怪異は、明奈ちゃんの言う方法で、私がなんとかします。迷惑ばかりでごめんなさい。さようなら』

明らかに尋常な様子ではない。

ひなげしは顔を跳ねあげた。彼女は焦りのにじむ声で言う。

「鏡見さん！」

「急ごう、二年四組だ」

ひなげしは走りだした。二階までくると、教室前の廊下に飛びだす。

彼女は目を見開いた。廊下の外側には、壁がなかったのだ。代わりに手すりが設けられ、中心広場を見下ろせる造りになっている。文化祭が盛んな学校らしい変わった構造だった。

思わず、ひなげしは考える。

これは確かに自殺がしやすい。

そこへ、四組の扉が開いた。ふらふらとヒョロっこい姿がさまよいでてくる。

ひなげしは息を呑んだ。空子だ。手すりの前に立ち、彼女はじっと中央広場を見おろす。

以前、鏡見の読んだ文章の続きが、ふたたび、ひなげしの頭の中に浮かんだ。

『鳥は神のもとへ飛んでゆく』

だが、人間は飛べやしない。

それなのに空子は手すりをつかみ——それが鉄棒でもあるかのように——ぐりんと逆さまになった。そのまま、彼女は背中から落ちかける。ふわり、スカーフが浮きあがった。

強く床を蹴り、ひなげしは跳んだ。

「どっせい！」

危ないところでひなげしは空子に抱きついた。そのまま、彼女の腹を持ちあげる。だが、空子はもう手すりを越えた状態だ。このままだと自分も落ちてしまう。ひなげしは訴えた。

「鏡見さん、助けてください！　早く早く早く！　うわあっ！」

「離してええええ！　私なんて、私が、私が、やらないとぉっ！」

そこで、空子は暴れだした。

ひなげしは体がずるっと、前にでるのを覚えた。バランスが崩れはじめる。あっ、このままだと、私も落ちるな。そう、ひなげしは草食動物の勘で悟った。離せと理性は訴える。

それでもますます、彼女は腕に力をこめた。

さらに理性は言う。いい加減に離せって、死ぬぞ。

だが、離せば空子が死ぬ。ならば、離せやしない。

（たとえ、私が死んだって！）

「やれやれ、うちの助手はこれだからな」

呆れたように鏡見がささやく。なにをのんきなとひなげしが文句を言おうとしたときだ。

ふたたび、空子が暴れ、
ズルっと。

ひなげしの足は滑った。

彼女と空子は落下した。

＊＊＊

二階は、死ぬには高さが足りない。

だが、落ちかたが落ちかただった。まちがいなく、大怪我はするだろう。空子とともに大気を切りながら、ひなげしはぎゅっと目をつむった。だが、強い衝撃はいつまで経ってもこない。気がつけば、彼女たちは背中からナニカのうえに着地していた。

「……えっ？」

ひなげしは目を開いた。仰げば鏡見の外套のすそが長く伸びている。それは獣の背中の形をとり、ひなげしたちのクッションを務めていた。意外にも、その感触はふかふかと柔らかい。まるで狐に乗っているかのようだ。助手の無事を確かめると鏡見は鼻を鳴らした。

見る見るうちに、影は平らになり、消えていく。

無事、ひなげしと空子は地面に座りこんだ。同時に、ひなげしは真っ青になった。

こんな異様な光景——目にしたものは——大騒ぎをするだろう。

だが、中央広場にいた、学生たちは特に影に反応しなかった。彼女たちの脳内で、一連の光景がどう処理されたものかはわからない。ただ、少女たちは次々と本音を吐きだした。

「……落ちなかったんだ」

「なんだ、つまらない」

「怪談みたいに、死ねばよかったのに」

「首の骨を折って、死んで欲しかったのに」

ひなげしはゾッとした。また、彼女は一足飛びに答えにたどり着く。

ひとつ目の謎だ。

なぜ『死んだのはひとりなのに、みっつの首が落ちる』のか。

『首だけが落ちる』理由は、当初の推測どおり、『首の骨が折れた事実』が、少女たちの印象に強く焼きついたからだ。そして、『みっつの首』が落ちる理由は——当時、この光景を見たものたちが——強く望んだせいだった。

三人とも死ねばよかったのに、と。

『みっつの首が落ちる幻影』は人の願望と思念が、この場に焼きついてできたものだった。

残る謎はひとつ。

なぜ、空子たちだけにその幻影——怪異が——見えるようになったのか。

そうだ、空子。とひなげしは思いだす。隣に倒れている彼女を、ひなげしは確認した。

無事、怪我ひとつない。ほっと、ひなげしは安堵の息を吐いた。だが、当の空子は助かったことが耐え難いというように震えている。おそるおそる、ひなげしは彼女にたずねた。

「どうして飛び降りようとしたの？」

だが、そこで違うなと気がつく。聞かなくてはならないのは、もっと別のことだ。

息を吸って、吐いて、ひなげしは問いかけた。

「明奈さんの言っていた、『別の方法』ってなに？」

空子はわっと泣きだす。大粒の涙がこぼれた。眼鏡が涙でめちゃくちゃに濡れる。どうしたらいいのかと、ひなげしは困った。そこに、黒い影が射した。ひなげしは顔をあげる。鏡見が立っていた。二階から、彼は降りてきたらしい。ぱかり、鏡見は口を開いた。

『そうか、そうか、つまり君はそんなやつなんだな。』」

ひなげしは該当の文章を思いだした。ヘルマン・ヘッセ、『少年の日の思い出』のエーミールのセリフだ。そうして、鏡見は続ける。

「明奈君の『方法』にも、関係のあることだけれどね……左右のふたりが『そんなやつ』であることに、かつて飛び降りた少女は気づかなかった。だから、彼女は死ぬことになったんだ」

「どういうことですか？」

「つまりね、ひなげし君」

そうして、鏡見は応える。

昔と今の、残酷な真実を。

「明奈君が空子君にしようとしたのと同様に……」

かつて、まん中の少女は、左右のふたりによって殺されたのさ。

＊＊＊

「おかしなところはカーディガンだよ」

場所は変わって、学校の裏手にて。

職員用の駐車場と花壇が主な空間は、生徒が少ない。そこで、鏡見は話を切りだした。

地面に座って、空子とひなげしはそれを聞く。だが、カーディガンは、学校指定の品だ。なにもおかしいところはないのではないか。そう、ひなげしが思ったとき、鏡見は続けた。

「椙城学校の文化祭が開かれるのは夏だ。しかもその日は教室のクーラーが故障していた。カーディガンを着ていて、それがたまたま引っかかって助かるなど不自然極まりない」

「……じゃあ、もしかして」

「ふたりはわざと自分たちは助かり、まん中のひとりを上手いこと殺したんだよ。飛び降りに誘われたのも、実行しようとしたのも本当だ。そして、飛び降りたのは当人の意志……左右のふたりはぎりぎりまで手を握って致命的にバランスを崩させたうえで、助かっただけ。上手いことやったものだよ」

ぐっと、ひなげしはこぶしを固める。それは悪魔のような思いつきだ。そして、少女たちはそれを実行に移した。おそらく無邪気に。成功すればラッキーくらいの軽いきもちで。

そうして、中心の少女は死んだのだ。

不意に、鏡見は空子に厳しい目を向けた。彼女へと、彼は問う。

「空子君、君は僕たちに話していないことがあるだろう」

「……ううっ」

「裏掲示板は、表とともに廃止が検討されている。今ではＵＲＬとパスワードを知る生徒も少なく、雲形のアイコンの生徒が『文化祭の縮小運動の必要性を過激に訴えているくらい』だったそうだ……それは、君だね？」

「えっ、そうだったんですか？」

「空子君は、ＵＲＬとパスワードをひなげし君に教えている。そして、アイコンのチョイスとくれば察しはつくよ……君は『文化祭の縮小運動』の必要性を訴えていた。だが、文化祭はこの学校の『売り』だ。縮小されることはない。ならば、どうすればいいか。そこで、残っていた噂に繋がる」

ハッと、ひなげしは息を呑んだ。

かつて、中央広場に飛び降りて自殺した生徒がいた。一度めはもみ消された。だが、二度めは必ず問題になる。それに今は情報伝達社会だ。各生徒が一斉にＳＮＳで話題にすれば、学校側に止める術はない。炎上が波及すれば、文化祭は縮小か中止をよぎなくされる。

ああと、ひなげしは納得した。

つまり、空子は『パフォーマンスとしての飛び降り』を考えたのだ。

だが、もしかして、それは。

「かつて、受験と文化祭の両立のストレスがひどくて飛び降りた子も……死ぬ気がなかったのなら、そのつもりだったんじゃ」

「そのとおりさ、ひなげし君。そうして、君は飛び降りを決めたが、ひとりで実行する勇気はなく、明奈君と夕張君を誘った……そして、明奈君は過去の例を知らないままに、似たような方法で君を殺すことを夢想した。場に染みついた幻想は、同じ思想に呼応する。かくして、三人の目には『落下するみっつの首』が見えるようになったのさ」

鏡見は真実を告げる。自分に殺意が向けられていた。その可能性を考えていなかったらしい。ガタガタと空子は震えだした。スマートフォンをとりだし、彼女はロックを外す。

そうして、泣きそうな声で訴えた。

「な、なら、これも、私に元々死ねって思ってたから？」

ねー、考えたんだけどさ。

もう五日。

ぜっんぜん、カガミさんなーんにもしてくんないじゃん。

ためしにさ、中央広場にイケニエ投げたらと思うんだよね。

ナニカさ、空子、わかるよね？

期待、裏切らないでね。

裏切ったらさ、ねぇ。

楽しみにしてるから。


うまいと、ひなげしは思った。『飛び降りろ』という言葉や指示は、絶妙に避けてある。あとから、警察にスマートフォンを押収されても、言い訳ができる内容だ。

つまり、そこには軽い調子ながら、本気の殺意があった。

瞬間、ひなげしはごうっと胸の奥底が燃えるのを覚えた。なんだそれと、彼女は思う。

なんだそれ。

そのときだ。

「黒い人が呼んでるーって聞いてきたんですけど……鏡見さん、学校までなんですか？」

「……明、奈」

「あっ」

裏手に明奈が現れた。鏡見は別の女生徒に、彼女を呼びだすための伝言をたくしていたらしい。泣きながら空子は明奈を見る。その手の中のスマートフォンにはメッセージのやりとりが表示されていた。鏡見とひなげしのことも交互に見て、明奈はぺろりと舌をだす。

「あーあ、バレちゃったか」

「明奈ぁっ！」

「なーにーなんか文句あるの？　クラスの空気が悪くなるのが嫌だから、イジメから救ってやって、夕張とふたりのグループなところにいれてあげたの私じゃん？　最初はオタク趣味もけっこうあうし、悪くないなーと思ってたけど。最近マジうざい。ナニサマ？」

「そ、それなら言ってくれれば」

「アンタ、掲示板に被害者ヅラでナニ書くかわかんないじゃん？　それに、私が助けなきゃ、もーっと前に自殺してたよね？」

くるくると、明奈は長い茶色の髪を巻く。

そうして、彼女はとても綺麗にほほ笑んだ。

「今、死んだって同じだよね？」

『そうか、そうか、つまり君はそんなやつなんだな。』

エーミールのセリフがひなげしの頭に浮かんだ。また胸の奥底で炎が燃える。だが黙ったまま、彼女は立ちあがった。こぶしをぎゅっと固めて、ひなげしは明奈の前に足を運ぶ。強く、明奈は舌打ちした。

「なんなんですか、ひなげしさんも……部外者はでていってくださーい」

「どっせい！」

パァンッ！　と、盛大な音を立てて、ひなげしは、その頬を張り飛ばした。

＊＊＊

「はっ？」

「えっ？」

明奈と空子は声をあげる。小さく、鏡見は口笛を吹いた。だが、囃すような音を、ひなげしは無視した。自分だけの意志で、彼女は動いている。腹の底から、ひなげしは叫んだ。

「そんなことで、人を殺そうとするなぁ！」

「ちょっ、アンタになに……」

「人は死んだら最後なの！　そんなこともわかんないのかよ！　話せよ、話して解決しろよ！　底意地が悪いんだよ、バカ！　言いわけをすんな！　アンタが悪い！」

「ちょっ、待って、イタッ」

バシバシと、ひなげしは明奈を叩く。明奈は抵抗し、反撃しようとした。だが、ひなげしの勢いに飲みこまれる。ひいひいと、彼女は泣きだした。そこで、ひなげしは振り向く。

「アンタもだよ、空子！」

「ふえっ！」

「抵抗活動は言葉で訴えろ！　飛び降りなんてことに友だちを巻きこもうとするな！　足を折ったら？　後遺症が残ったら？　責任とれるの？」

「そ……それは」

「アンタも悪い！　みんなダメ！」

バシバシと、ひなげしは空子を叩きまくった。それから、明奈をさらに強く叩いた。容赦なく、ひなげしはふたりをボコボコにする。さらに、ふたりをひっぱって向きあわせた。

腰に両腕を当てて、彼女は言う。

「ほら、謝んなさい！」

「で、でも」

「あ、あの」

「謝、ん、な、さ、い！」

ごめんなさい！

声は重なった。

ひなげしを敵として、空子と明奈は抱きあって泣きはじめる。ごめんね、空子。ごめんね、明奈。声がひびいた。両腕を組んで、ひなげしはその様子を眺めた。

呆れたように、鏡見はささやく。

「なんというか……その、凄いな、君は」

「どこがですか？」

「全部が……このままじゃ僕はカタナシだ。怪異探偵としての役目を果たすとしようか」

パチン、鏡見は指を鳴らした。ぐにゃりと、ひなげしの体に圧がかかる。未だに、視界は変わっていない。だが、越えてはいけない、境界を越えた。そう、ひなげしは悟った。

三人に、鏡見は言う。

「では、行こうか——中央広場へ」

君たちの見ていた怪異に会いに。

＊＊＊

ゲラゲラと、嗤いながら、
みっつの首が落ちていく。

それは広場にぶつかり、スイカのように割れた。眼球が転がり、舌が落ちる。それからすうっと消えた。そして、ふたたび、空から降ってくるのだ。延々と、残酷な光景は続く。

うっと、ひなげしは口元を押さえた。

これが――鏡見の介入によって見えるようになった――空子、明奈、夕張の前で長くくりひろげられてきた光景だった。醜悪だ。かつ、どこかこちらに対する嘲りを感じられる。

ふっと、ひなげしは思った。擁護はできない。だが、ずっと、こんなものを見せられていたのならば、生贄でも投げこんで、鎮めたいと考えるのも無理はないのかもしれない。

ひなげしの思考を読んで、鏡見はうなずいた。

「そう、こうして醜い姿を見せることによって、みっつの首も学園に新たな殺人が起こることを望んでいたようだ」

「えっ、そうなんですか？」

「アレは、人の好奇を元に産まれたものだからね。いつでも仲間を求めている……だが、いくら少女たちの欲望が鮮烈でも、それが幻想の光景となって焼きつくことなど、ふつうはない。誰かの作為を感じるな」

鏡見はささやく。

ひなげしは想像した。誰かが、ここに罠をしかけた。その人物は、いたるところに、種を蒔いているに違いない。いつか発芽し、大きな花を咲かせることを願って、悪意の種を。

それは邪悪で、

獏のようなものを連れた、

白く、甘やかな…………に違いなかった。

「……ひなげし君？」

「いえ、すみません、ぼーっとしていました」

ひなげしは首を横に振る。なんだろう、寸前まで、自分がなにを考えていたのかがわからなくなる。混乱する彼女の前で、鏡見は目を細めた。それから、彼は低い声でささやく。

「それでは、怪異探偵の本領発揮だ———天秤は吊りあった。完膚なきまでの破壊をお見せしよう」

ザザザザと鏡見の外套が広がる。そのさまは土の中に半ば隠れた、獣が走るかのようだ。それは運動をしたり、喋る生徒のあいだを縫った。そして落下してくる首の真下へ着く。獣の口が開いた。狐に似た、細い顎が空を向く。

その中に、みっつの首が落ちた。

ぱくんと『夜獣』は口を閉じる。

それで、おしまい。

怪異は完膚なきまでになくなった。

＊＊＊

「む、鏡見さん、あのう……彼女っていますか？」

「これからも、私たちに……なんでもないです！」

今回も、鏡見の業はいかんなく発揮された。ふたりは彼に惚れたらしい。だが、ひなげしに『そんな甘いこと言っとる場合か、隣の子にもっと謝れ』とうながられ、ひきさがった。

鏡見のことを諦めきれない様子ながら——頭をさげて——ふたりは去っていく。

「がるる……ふう、行きました。これで今回の事件は終わりですね」

「ああ、そうだね。だが、ひとつ、まだ不明な要素を埋めにいこうか」

「えっ？」

ひなげしはまばたきをした。その前で、鏡見は続ける。

明奈は、空子の死亡を望んだ。

空子は、明奈に殺されかけた。

だが、ひとり、わからない人物がいる、と。

最後に、その人のもとを、鏡見とひなげしは訪れた。


夕張は、ひとり図書室にいた。


蔵書を読むでもなく、彼女は窓の外を見つめている。そこは、中央広場の見える位置だった。ひなげしたちが近づくと、夕張は頭の後ろで両手を組みあわせた。

「あーあ、あれ、消しちゃったんだね。最後に、凄いのは見られたけどさ」

「君は」

「うん？」

「君だけはわからない。君は、なにを望んでいたんだ？」

鏡見はたずねる。彼にもわからないことはあるのかと、ひなげしは驚いた。

その前で夕張はにっと笑う。白い歯を見せて、彼女は明るく声を弾ませた。

「なんにも」

私はね、なんにも望んでなかったよ。

夕張は笑う。鏡見も、ひなげしもなにも応えない。その前で、彼女は続ける。

「私はね、明奈が空子を殺さなくても殺してもよかったし、空子が死んでも死ななくてもよかったたし、文化祭が中止になっても、続いてもどっちでもいいし、なんにもどうでもいいの。あっ、ただ、お金がかかんないかだけ、ちょっと心配だったかな」

「そうか。変にふたりへの接しかたが薄いとは思っていたが……君はすべてを気づいていたのか」

「そゆこと」

――それならば、友だちを止めてあげればよかったんじゃ。

ひなげしはそう言いかける。だが息を呑んだ。彼女は気がつく。

友だちではない。

友ではないのだ。

この夕張という少女は――人の形をしているだけで――中身は空虚だった。

「私は空っぽ、なんでもない。だけどね、ひとつ、鏡見さんに教えてあげる」

「なにをだい？」

「さっきここに来た、白い女の人からの伝言」

ひなげしはハッとする。夕張は黒い瞳に、鏡見を映す。

そうして、彼女は謡うような声で続けた。

「邪魔を続ければ必ず後悔する」

「………それは、どうかな？」

二人は笑いあう。瞬間、夕張は、鏡見への興味を失ったらしい。

彼女は外を見る。紅焼けの空を目に映して、夕張はつぶやいた。

「あー、つまんない。また首でも降ってこないかなー」

『そうか、そうか、つまり君はそんなやつなんだな。』

エーミールの言葉が、ひなげしの頭に浮かぶ。だが、彼女は今度は怒らなかった。ひなげしが言葉を向けられるのは、中身のある人間にだけだ。空虚なものにはなにもできない。なにを言おうが、夕張には届かなかった。

壊れた、無害なものを残して。

ひなげしたちは場をあとにする。

そのときだ。
最後に、鏡見にだけ聞こえる小声で。
夕張は女の言葉の続きをささやいた。
——その娘は、私が食べるんですからね。
小さく優雅に、鏡見は唇を歪め、
それはどうかなと、つぶやいた。

第肆話　サナギの母

母はサナギとなり、
そして蝶となった。

以上が『黒屋敷』あてに――突然送られてきた――手紙へ記されていた序文であった。

意味の通じない文章だ。なぜならば大人も、子供も、誰もかれもがその事実を知っている。

人はサナギにはならず、
また、蝶にもなれない。

だが、おかしな断言に対して、鏡見は特に反応はしなかった。揺り椅子のうえで、彼はただ口を開く。滑らかな声が、そこから語りかけるような調子であふれだした。

「『やがて地獄へ下るとき、』『そこに待つ父母や』『友人に私は何を持って行かう。』」

西条八十（さいじょうやそ）の『蝶』を、鏡見は暗唱する。だが、そのささやきを受けて、自然と続きをつむぐものはいなかった。それも、とうぜんだ。『驚異の部屋』には今、彼の姿しかない。

古本とガラクタと希少な骨董品、分厚い埃と蜘蛛の巣のあいだに、鏡見は座っている。

どこにも、助手などいなかった。

だから、手紙を目で追いつつ、彼は自ら残りを謳う。

「『たぶん私は懐から』『蒼白め、破れた』『蝶の死骸をとり出すだらう。』『さうして渡しながら言ふだらう。』」

『一生を
子供のやうに、さみしく
これを追つてゐました、と。』

鏡見は口を閉じる。彼は手紙の続きを読んだ。そこには、ある求めがつづられている。

『この自分――岬香（みさきかおり）は蝶の娘であり〝生き神〟でもある。かつて我が村を出奔された――稀なる力を持つ――先代が今はあなたに目をつけているとの噂を耳にした。先代を越えた証明のため私と勝負をして欲しい。あなたに勝利をしたとき私はより完全となれる』

ふむと、鏡見は鼻を鳴らした。そこで、手紙の調子はわずかに変わった。

『けれども、あなたは怪異探偵。契約なきところ、動けないとも聞いている』

『だから、依頼をします――〝金の天秤はこちらにございますか？〟』

「はい、『あなたが求むるかぎり、ございます』」

笑いをふくんだ声で、鏡見はささやいた。

応えるように、手紙の入っていた封筒からごとりとなにかが滑り落ちた。古い携帯電話だ。表面はビーズでデコレーションされており、かわいらしいストラップまでついている。

それを、鏡見は拾いあげた。さらに、彼は手紙を最後まで読む。

『私の抱える〝怪異〟を祓いなさい。天秤にかける品は同封しました』

「……なるほどね」

小さく、鏡見はうなずいた。

天秤の皿に、彼は携帯電話を載せる。ギシッと、腕と鎖が音をたてた。ずいぶんと重い。

だが、怪異とは吊りあった。

ふむと、鏡見はうなずく。ならば、怪異探偵の出番だろう。

また、ひとつ、彼には気になることがあった。己の唇に触れ、鏡見はつぶやく。

「先代、ね」

封筒に記された住所を、彼は確認した。目を細める。そこには、まったくのデタラメが記されていた。なるほどと、鏡見はうなずく。

「自力で探し当てられないものには、用などないということか。それはそうだろうな」

ひらりと、鏡見は手紙を――丸い机のうえに――広げた。ていねいに、彼はそれを折りはじめる。貝のごとく整った爪で線をつけ、鏡見は船を形作った。完成品を、彼は床に広がる自身の影のうえに置く。狐のように鼻を伸ばし、獣はその匂いを嗅いだ。やがて『夜獣』は答えをだした。その証として、獣はばくりと船を食う。そしてまた、影の中へと沈んだ。額をとんっと押さえて、鏡見はつぶやく。

「北陸か」

そのときだ。一階の電話が鳴った。ジリリリリリリリリと音は続く。

柔らかく、鏡見は唇を歪めた。音は止まない。だが、彼はそれを無視した。鏡見は大きくあくびをする。だが、呼びだし音はいつまでも続くようだ。小さく、鏡見はつぶやく。

「やれ、ここまで根気を見せられては……いったい、なにを言うつもりかは気にかかる」

鏡見は部屋をでた。ゆっくりと彼は階段を降りていく。二階と同様に一階にも複数の扉が並んでいた。そのうちのひとつを、鏡見は開く。中に入ると音は近づき、強さを増した。

ジリリリリリと、音は室内で反響している。その壁際には、大量の招き猫が並んでいた。

まるで――招き猫の発祥の地と謳われる――豪徳寺に奉納された一群だ。

だが、それらと比べると、ここの猫たちはどうにも統一感に欠けていた。黒に、白に、銀に、金と、色はめちゃくちゃ。左腕をあげているもの、右腕をあげているもの、両腕をあげているものと、形もさまざまだ。福も人もわけへだてなく、招きに招きまくっている。

そんな猫たちの中央には、黒電話が場違いに鎮座していた。

ちょんと置かれたさまは、自分もまた、丸まった黒猫であると信じているかのようにも見える。だが、黒電話の呼びだし音は、むしろ虫を思わせた。

特に、蟬を。

そういえば、今は六月であった。梅雨がすぎれば、より本格的な暑さがくるだろう。

季節の移ろいに、鏡見はなんとなく想いを馳せた。だが――そんなことは、あとにしてくれと言わんばかりに――黒電話はがなりたてる。ガチャリと鏡見は重い受話器をとった。

『決して来るな』

老人の、しわがれた声がひびいた。

ついっと、鏡見は唇の端をあげた。愉快そうに、彼は応える。

「残念ながらね。天秤は吊りあいましたよ。それに、僕は性格が悪く、性根も捩れて歪んでおります。そんなものを煽って、いったいぜんたい、どうするおつもりで？」

『来るな。来るな。死ぬことになるぞ』

「どこにでもいて、どこにもいない男をどう殺します？」

『わしらの〝生き神〟様が』

殺す。

りん。

電話は切られた。

やれやれと、鏡見は首を横に振った。呆れたように、彼はつぶやく。

「まだわからないが、もしかして、これは『胡蝶の夢』のほうが当てはまる事案かもしれないな……『知らず、周の夢に胡蝶と為れるか、胡蝶の夢に周と為れるかを。』」

謡うように語りながら、鏡見は歩きだした。二階へと、彼は階段を戻る。

『驚異の部屋』へ帰り着くと、鏡見は――複数ある――帽子かけのひとつに手を伸ばした。純黒のフェルトハットを選んで、ひょいっとかぶる。靴音も高く、彼は身をひるがえした。

そうして、鏡見は旅にでた。

＊＊＊

「北陸まで行ってくれ」

「はあっ？」

あんまりな第一声に、タクシーの運転手は火の点いた煙草を取り落とした。革製のジーンズに焦げ目をつけかけて、彼は慌てて持ちあげる。なにかを、運転手は訴えようとした。

だが、その前に抜け目なく、鏡見がささやく。

「フェリーを使えば、可能だろう」

「……いや、だが」

「二倍だ。三倍でもいい」

言われて、運転手は短い髪をガシガシと掻いた。うーとも、あーともつかない言葉を漏らして、彼は悩む。それから、両腕を組んだ。だが、意外にも早く、運転手は答えをだす。

「わかった。しょうがねぇ」

「結局、金の亡者だな君は」

「うるせぇよ！　言うんじゃねぇよ！」

怒鳴りながらも、運転手は車を滑らかに発進させた。

怒声と比べてその手際は丁寧で見事だ。無言で、彼は道を走らせる。だが、北陸まで行くと聞いて流石に気になったのだろう。おそるおそるといったふうに、運転手はたずねた。

「で、今回はなんだよ？」

「おそらくは、殺し合いにね」

「はあ⁉」

物騒な言葉に、運転手は車を止めかけた。だが、悩んだ末に、ブレーキを踏むことは控えた。聞かなかったことにするか、彼は悩んだらしい。だが、首を横に振って先を続けた。

「なんで、殺し合いなんか」

「向こうが、こちらを殺す気なのだからしかたがない。これこそ、化け物の悲哀というやつだ。胡蝶の夢の中にあってさえ、異質なもの同士は出会えばぶつからずにはおれない」

「相変わらず、わけがわからねぇな」

「だが……さてはて」

サナギの娘は、僕をどう殺すつもりなのか。

鏡見は首をかしげる。物語でも紡ぐかのように、彼は語った。

「それこそ、蝶の見る夢よりも夢のような話さ」

わけがわからんと、運転手は首を横に振った。

長い旅路に、鏡見は静かに目を閉じた。

＊＊＊

六月といえば雨だ。じめじめと湿り、じわじわと暑い日々が続く。

だが、途中からは歩きで向かった北陸の山村はからりと乾いていた。また、薄ら寒い。六月とは思えないほどに気温は落ちこんでいた。それは空を広く覆う、ぶ厚い雲のせいかもしれない。黄土色に濁った下には、瓦葺(かわらぶき)の屋根が点在していた。だが、近づいてみれば、そこは似つかわしくない近代的な遮蔽物で塞がれていた。工場前に設置されているような大型引戸門扉だ。両端には、監視カメラがつけられている。前面には『この先私有地』との張り紙まで添えられていた。

どうやら、ここを越えなければ、村へは入れないらしい。

「やれやれ」

とぷんと、鏡見は影の中に体を沈めた。こぽりと泡のごとく、彼は壁の向こう側にでる。そうしてなんなく、鏡見は関門を越えた。だが、監視カメラは反応しない。それを見張っているものたちも――門扉の影の動きに対して、いちいち動じないのと同じように――光景に現れた『染み』には、興味を示さなかった。

だから――誰にも邪魔されることなく――鏡見は歩きはじめた。

やがて、彼は村についた。堂々と、鏡見はあぜ道を回っていく。

「ふむ……こういう場所か。村のようで、そうではないわけだ」

正確には、ここは山村を模した——七つ程度の家屋からなる——個人所有の別荘地のようだ。そうでもなければ、建物の造りと築年数が、完全に同一なことへの説明がつかない。ひとつの意志のもとに造られた場所でなければ、こうはならなかった。

棲んでいる世代は幅が広く、若者も数多い。方言からして、出身地はバラバラのようだ。畑仕事をする手つきの慣れにも、差が見られる。また、指示をだすものとだされるものの様子から、階級制度の存在が確認できた。

さらに、子を遊ばせる母親たちの姿から、鏡見は追加の情報を読みとっていく。

「多産が推奨されている……女性の地位が低い。ここまでならば、よくあることだが……共同生活のうえに、一夫多妻制でもあるな。現行の法律の枠外にある場、か」

鏡見は判断する。ここは——何者かが土地を提供し、作成した——自給自足のコミュニティだ。さらに、村内でくりかえし耳にした歪な言葉を、彼は舌先に載せる。

「……約束された楽園、ね」

ここがそうであるらしい。つまり、この村の正体は、新興宗教の隔離施設である可能性が高かった。ならば、祀るものたちが集っている以上、祀られているものがいるのだろう。

それこそが、鏡見へ手紙をだした『生き神』。

サナギの母の、娘だ。

さて、彼女はどこか。

そう、鏡見が考えたときだった。

ひらり、ひらりと、蝶が飛んだ。

紅い蝶だ。優雅にそれは鏡見を招いている。色や作りこそ異なるものの、『蝶』は『夜獣』と似た気配を放っていた。つまり、コレは怪異と性質を同じくするナニカだ。

帽子のつばに触れて、鏡見はささやく。

「なるほど？　使い手の同胞とは珍しい」

蝶の飛ぶあとを、彼は追う。先には、立派な家があった。

まるで、マヨイガのように見えた。

＊＊＊

マヨイガとは、『迷い家』とも書く。
それは——訪れた者に富をもたらすとされる——山中の幻の家だ。民俗学者の柳田國男が、『遠野物語』で紹介したことにより、広く知られるようになった伝承である。

通常、マヨイガの中に人間はいない。

だが、ここには腰の曲がった白装束の老人が、黒き門の前に立っていた。

老人は富豪であった。肌の艶に、歯並びのよさ、なによりも衣服からその事実が見てとれる。白一色の装束は清貧に見せかけて正絹が使われており、独特の上品な光沢があった。

他のものたちは、多少の差こそあれどみな貧しい。

ならば、老人がこの地のリーダーでまちがいないだろう。

背後の庭では、紅白の花が咲き、鶏が遊んでいる。今、鏡見は気配を消していた。だが、鶏は気がつく。彼らは一斉に鳴いた。羽根が散り、コケーッコッコッと警戒の声がひびく。

さらに、そのあいだを、紅い蝶が飛んでいった。

ふたつを合わせて確信にいたったものか、老人はつぶやく。

「……来たか」

「このような大仰な形で判断をなさらなくとも、訪問前には姿くらいお見せしますよ」

さらりと言い、鏡見は己の姿を『認識できるようにした』。そのうえで、彼は外套を揺らす。鏡見は優雅な礼を披露した。いっそ嫌味なほどに、彼はしっかりと名のる。

「はじめまして。怪異探偵、鏡見夜狐と申します。どうにも別れは近い気もいたしますが、以降、お見知りおきを」

「……薄い、な」

唾棄するように、老人はつぶやいた。

ほうっと、鏡見は目を見開く。やや感心したとばかりに、彼は手を軽く叩いた。

「なんと、僕の本質をおわかりになりますか？　これはまた珍しい。祀っている『生き神』が『蝶』を使えることといい……あなたは、ただの山師ではないようだ」

「とうぜんだ。私は本物の『神様』を祀っているのだからな」

瞬間、すうっと、鏡見は目を細めた。急速に、彼は老人への興味を失う。それでも、一応、鏡見は相手の紡ぐ言葉を聞いた。胸を張って、老人は語る。

「長く、長く、我が一族は二体の『神様』を祀り続けてきた。救いはこのかたがたにしかない。と――何人にもひき継がせて〝生き神〟とし――お守りしてきたのだ」

「……人智を超えたものを、やはり人間は『わけたがる』か。神か、悪魔か、化け物か。わかりやすい。そして、『神様』と判断したものには都合よく救済を求める。それが、『本当はなんなのか』も知らずに……残念ですよ」

「なんとでも言うがいい。わしはアレらを『神様』と信じる。二体のうち、片方は逃げてしまわれた。我が教団には大打撃だ。だが、まだ、もう片方はここにいらっしゃる。その依り代の『生き神』さまが、おまえに会いたいと望まれた……それを、止めるため、わしはここに立つと決めたのだ。だが、現れたおまえは、なんだ？」

不意に、老人は声を震わせた。皺まみれの目を、彼はカッと開く。

叫ぶように、老人は問いかけた。

「なんなんだ、おまえは！」

「…………さあ？」

笑って、嗤って、
鏡見は、応えた。

細い指で——紅でも塗るかのごとく——己の唇を艶めかしくなぞり、彼はささやく。

「どうでもよいでしょう、そんなことは」

するり、鏡見は老人の横を通りすぎた。

短いやりとりで、なにがわかったものか。決して止められないと、老人は悟ったらしい。

青い顔をして、彼は鏡見を見送った。それでも震えながら、老人は訴える。

「まっ、待ってくれ！　『生き神』様を殺さないでくれ！」

懇願に、鏡見は足を止めた。わずかに、彼は振り向く。

そうして、もう一度、笑って告げた。

「誰が死ぬかは、彼女次第さ」

屋敷の中へ、鏡見は足を運ぶ。
コケーッと、鶏が鋭く鳴いた。

＊＊＊

屋敷の中を、鏡見は歩いた。特に妨害に遭うこともなく、彼は最奥にたどり着く。目の前には——漆を塗られ、金細工で飾られた——観音開きの扉があった。仏壇か、巨大な納骨堂を連想させる造りをしている。鏡見が近づくと、扉は自ら内側へと開いた。中に彼は入る。檜の匂いがした。室内は木造だ。最奥には祭壇が設置されている。その御簾（みす）の内側には小柄な人間が座っていた。また、部屋の中には異様なことが生じてもいる。

無数の蝶が飛んでいた。

さまざまな色の乱舞するさまは、空間を塗り潰そうとでもしているかのようだ。あまりにもその数は多すぎる。密度が濃すぎるせいで、蝶の羽根はたがいにぶつかりあっていた。悲鳴の代わりのように、そこかしこで鱗粉が飛ぶ。

鏡見は漆黒の目を細めた。

美しいものも、ここまで集えば醜悪だ。それは、あらゆるものに対して言えること——

一種の真理――でもあった。絵具は混ぜすぎれば濁る。人の顔も癒着させれば肉塊と化す。見るにたえない。

だから、鏡見は指を鳴らした。

彼の影が動く。獣の顎が蝶の大半を食べた。あとには、数匹だけが残る。

祭壇に座ったものが、手を鳴らした。金襴座布団のうえで、誰かは鏡見を讃える。

「お見事、見事よ」

「この程度は児戯さ。よく似た力を持つものなればそう知っているでしょうに」

見え透いた世辞に対して、鏡見は鼻を鳴らした。ゆっくりと、彼は前に進みでる。

スルスルと、御簾がうえにあげられた。

中にいたのは、十六程度の少女だった。

彼女こそ――手紙で名乗っていた――香という娘だろう。

香は宗派のでたらめな巫女服を着ている。膝のうえには竹製の虫籠が載せられていた。

その中では、青々とした蝶が羽ばたいている。モルフォ蝶に似ていた。だが、まったく違う生き物だろう。そう、鏡見は知っていた。帽子のつばに触れながら、彼は問いかける。

「一匹だけ、特別扱いということは……それが手紙にあった、あなたの母ですか？」

「ええ、そうよ」

「等身大のサナギから羽化した姿にしては、ずいぶんと小さい」

「魂とはみんなこのようなものよ」

「……魂、ね」

香の応えに、鏡見は唇を歪めた。小さく、彼はため息をつく。

そうして呆れながらも、鏡見は問いを続けた。

「門の老人の話では、あなたは『神様』を使えるそうですね？」

「ええ、そうよ。ここの『蝶』たちが『神様』。だからこそ、私は『生き神』なのです」

「あなたがたはそう信じている。だが、この『蝶』は『神様』ではないですね……だって、コレは、コレと同じものだ」

そこで、鏡見は己の影を伸ばした。表面に、尖った耳がとぷりと覗く。すべての動物よりも醜く、あらゆる獣よりも美しい存在――『夜獣』――を指し示して、鏡見は続けた。

「遠い昔に、僕はコレと契約をしました。なにせ、僕は存在が薄い。故に、牙が必要だったものでね。代わりに、僕はコレに『味覚』をささげました。おかげで、なにを食べても味を感じられません」

「それはお気の毒に」

「そう言うが、あなたも同じはずです。僕は『獣』と、あなたは『蝶』と契約した。相応の代償を支払って、ね」

故に、それは『神』ではない。

ぴしゃり、鏡見は言いきる。

ぴくりと、香は一瞬だけ眉を揺らした。だが、彼女は気丈に言い返す。

「私は代償など、払ってはいないわ」

「いいえ、払っているのです。だからこそ、あなたはサナギの娘なんだ」

「いったい、なにが言いたいの？　私はあなたが先代に目をつけられているとの話を聞いて、勝負をしたいと思っただけよ。お説教を聞く気はないわ」

「説教ではないさ。ある意味、説法ではあるがね。真実という名の道理を説き、僕はあなたに意見をしている。だが、そうだな、確かに」

どろり、彼は影を動かした。獣が身を起こす。ガチンとソレは顎を鳴らした。

香は立ちあがった。巫女服の紐が伸びる。その先端から、蝶が沸きあがった。

酷薄に、残酷に、鏡見は嗤う。

「『化け物飼い』同士、一度は甲乙をつけたほうが早そうだ」

獣が動く。

蝶が飛ぶ。

かくして、異形同士の戦いは開始された。

＊＊＊

蝶は獣を裂く。

獣は蝶を食う。

無数の色と黒がぶつかりあった。

だが、死闘を前にしながらも、鏡見と香は動かない。単なる観客として、ふたりは自らの契約相手の激突を見守った。特に指示もされることなく、蝶と獣は殺しあいを続ける。

だが、不意に、室内の沈黙は破られた。香が白い手を動かしたのだ。

スッと、彼女は竹製の虫籠の戸を開く。そして可憐な声でささやいた。

「卑怯とは考えられぬようにお願いします。先代を越えるというのならば、この程度の仕掛けは必要でしょう……母さま、お願いいたします」

香の願い——あるいは命令どおりに——青い蝶は飛んだ。それは多くの蝶と獣との戦いは無視した。泥沼のごとき食いあいに加わることなく、青い羽根は一直線に鏡見を目指す。

迫るソレを見て、鏡見は笑った。

「なるほどね」

瞬間、青い蝶は羽根を一閃した。

大きく、鏡見の喉が裂かれる。

白い肌に線が走った。次の瞬間、傷口は唇のように開いた。血管は踊り、大量の血を吐きだす。紅色が派手に床や天井を濡らした。声にならない悲鳴が泡とともにこぼれ落ちる。

「――――ッ！」

「あなたのような『人でなし』も、血は紅いのですね」

楽しそうに、香はささやく。

返事はない。どさり、鏡見はその場に崩れ落ちた。

獣と蝶の戦いにも、今や決着がつきつつあった。獣は一撃が強力だ。だが、手数は少ない。一方、蝶は数で攻めた。波状攻撃に対して、『夜獣』はじょじょに形を削られていく。

やがて、限界が訪れた。闇は切り裂かれる。黒は散り散りにされた。

喝采をするように羽根を動かしながら、蝶たちは滞空した。青い蝶だけは、虫籠の中へと戻される。勝利に、香は安堵の息を吐いた。さてと、彼女は視線をゆるやかに動かす。

床のうえには、黒い死体が転がっていた。

その様子は――まるで落ちた鴉か――染みのようだ。

つまらなそうに、彼女はつぶやく。

「なぁんだ、こんなものなのね」

香の目の前には、黒が。

そこで彼女は気がつく。

紅がない。

流れたはずの血が消えていた。

「…………えっ？」

香はゾッとする。

なにかがおかしい。なにかが変だ。断たれた首に、血が自ら戻るなど、ありえない。それこそ、人間技ではないではないか。そう怯える彼女に、誰かがささやいた。

「なにをおっしゃいます。そんなことは、前提でしょう？」

「ッ！」

今度こそ、香は息を呑んだ。

その前で——糸に釣られているかのように——黒の外套に包まれた姿がもちあがった。

改めて、香は彼を見る。その姿は、彼女には五十を超えた老人のように感じられた。だが、十程度の少年のようにも思える。香が決めないせいで、形は明確には定まらない。

サクリと切れた首を戻して、彼は立ちあがった。唇を歪めて、年齢不肖の男は語る。

「僕は鏡見夜狐――鏡地獄に立つがごとき、どこにでもいてどこにもいないもの」

それを、どうして殺すことができますか？

香は忘れていた。

夜は切れない。

闇は殺せない。

『人でなし』は人ではない。

「あ、……あなたは……あなたは、いったい」

「僕とあなたは、この世のモノではない生き物との契約者同士です。だが、器が異なる。あなたはただの人だ。僕は人ではない。人と異形の契約と、異形と異形の契約では、質も意味も異なる。僕と『夜獣』はたがいに死なない。だが、あなたたちは両方ともが死ぬ」

「わ、私を、殺すの？」

「いいえ、僕は怪異探偵だ。依頼を受けて、ここに来ている。天秤が吊りあった以上、僕にはあなたに憑いた怪異を祓う義務がある……その、『蝶』をね」

「でも、『蝶』は怪異などではないわ。コレは『神様』で、私は『生き神』で」

「違うと知っているからこそ、あなたは無意識的に『怪異を祓え』と望んだのでしょう？

否定するのであれば、もうひとつ、真実を突きつけましょうか？」

圧倒的救済か、完膚なき破壊。怪異探偵は、依頼者にどちらかをもたらす。

そして、鏡見は知っていた。しょせん、ふたつはどちらも同じことなのだ。「サナギの母は、サナギではない」人はサナギにはなれず、蝶にもなれない。蝶を、人は追うだけ。そうして言うのだ。

『一生を

子供のやうに、さみしく

これを追つてゐました、と。』

「あなたは、『蝶』と契約するさい、『母の命』を捧げたんだ——そうして、サナギの母ができ、青い蝶が生まれた」ならば、サナギの母とはナニカ。

よく似たモノを、鏡見は告げる。

「それは遺体袋に入れて搬出された、ただの死体のことさ」

つまり青い蝶は、母などではない。

＊＊＊

「えっ……あっ……」

ぽかんと、香は口を開けた。大きく、その目は揺れる。首を倒して、彼女は虫籠を見た。中の青い蝶を指し示して、鏡見は続ける。

「少し考えればわかることだ。あなたは契約に基づき、無数の蝶をだすことができる。蝶はあなたの命令を聞き、羽根で抹殺対象を裂く。それは他の蝶も、その青い蝶も同じだ……青い蝶だけが特別であり、『母』の魂からできているのだと考えるのには無理がある」

「で、では……えっ？　私のお母さんは、いったいどこへ？」

「言っているでしょう。彼女は遠い昔に死んで消えたのです」

鏡見は言いきった。香は魂の抜けたような顔をする。

彼女に向けて、鏡見は残酷な真実を並べていった。

「あなたは母の命を契約に使用した良心の呵責に耐えきれず——搬出される死体をサナギに見たて、果ては蝶に生まれ変わったものと考えた——そうであれば、母とはこれからも常にともにいられるから……あなたはそう思いこみ……いや、違うな」

そこで、鏡見は言葉をきった。淡々と、彼は首を横に振る。漆黒の目に、鏡見は香を映した。びくりと、彼女は震える。暗く、冷たく、彼は香へと問いかけた。

「ナニが、あなたに夢を見させた？」

「先代……さま、が……私、に……」

「やはり、か」

鏡見はため息をついた。予想のとおりだった。

老人が、『神』としてあがめた、もうひとつ。

『蝶』とは別の、この世のものではない生き物。

それは『獏』だ。

一方で、『蝶』の少女はなぜここにいるのか。鏡見は問いを重ねる。

「あなたにたずねたい。あなたが天秤にさしだした、『大切なもの』は――それも無意識的に選んだのでしょうが――『古い携帯電話』だった。生まれながらに『生き神』であれば、持つはずがない品です。このことからも、あなたは以前は、俗世に生きるふつうの少女だったことがわかる」

「…………わたし……わたし、……は」

「いったい、あなたにナニがあった？」

短くない沈黙が流れた。鏡見は彼女の応えを待つ。

香は頭を押さえた。うめきながら、彼女は続ける。

「思い、だした」

香の目から、つうっと涙がこぼれる。そうして、彼女は語りはじめた。

己が、『生き神』とされた経緯を。

「はじまりは、父と母の離婚でした」

＊＊＊

あの老人の一族は、この世のものではない存在――『蝶』と『獏』との接触に成功した。

彼らは二体に人間との契約を結ばせた。そして、契約者を『生き神』とした。その存在を掲げて、老人らは終末思想と楽園思想を根幹に織りこんだ、新興宗教を立ちあげたのだ。

性質（たち）の悪いことに、一族は――来たる終末には、自らの招いた二体が世を治め、新たな平穏をもたらすものと――己の教義を本気で信じていた。

定期的に開かれるセミナーにて、鬱に悩んでいた香の母は、『獏』による幻を見せられ、全快をする。以来、彼女は宗教に耽溺。土地を担保にいれてまで多額の借金を重ね、献金を行った。その額は数千万に昇ったという。それがバレ、父と母は離婚をした。

問題は、母が次代の『生き神』候補にあげられていた娘に固執したこと。

父の子供への興味が薄かったこと。

娘が母を愛していたこと。

そのみっつであった。

結果、香は母とともに村に入った。

しばらくは、貧しく、文明からは隔絶されているものの平穏な暮らしが続いた。

だが、先代の『生き神』が死に、状況は一変する。

香は母とともに檻に入れられた。そうして、『蝶』との交信、ならびに契約が成功するまではと、放置された。限界を超えることを命じられ、水や食料はあたえられなかった。

目の前の檻では『失敗例』の死体が腐敗していた。母は祈り続けていた。自身の糞尿すらすすり、蛆を食べ、香は命を繋いだ。それでも、飢餓による死を迎えかけた直前のことだ。

彼女は『蝶』に問われた。

生きたいかと。

なれば、隣のものをさしだせるかと。

隣には——未だ祈り続けている——山姥（やまんば）のようなナニカがいた。

だから、香は虚ろに応えた。

『はい』と。

問題は、それでも、彼女が母を愛していたことである。

対価として母の命が『蝶』に喰われた瞬間、香は恐慌をきたした。

己の爪を剝がし、髪を食い、暴れる彼女のもとへ誰かが呼ばれた。

稀有な力をもつもうひとりの先代——正確には、代替わりを必要としない、ずっと『生き神』を務め続けている『獏』の女——は、香の頰を両手で覆ってささやいた。

「『あなたは、どんなユメが見たいの？』」

そして母はサナギになり、

果ては、蝶となったのだ。

＊＊＊

「……さて、あなたが『獏の女』について、他に知っていることは？」

「アレは……彼女もまた、人間ではありません。『蝶』の契約者は今まで代替わりをくりかえしてきました。ですが、『獏』のほうはずっと、彼女が務めています。しかも、彼女はあなたとは違い、契約に縛られずに動ける。存在の薄いあなた、では」

彼女にだけは敵わないでしょう。

そう、香は震えながら告げた。

「やってみなければ、わからないさ」

軽く、鏡見は応える。それから、彼は部屋の中を見回した。

香が真実に気がつくと同時に——存在を契約者自身に嫌悪され——ほとんどの蝶が消滅した。だが、まだ数匹が残っている。ひらひらひらり、舞う色を示して、鏡見は言った。

「天秤が吊りあったことで、契約は結ばれている。そして、あなたに拒絶の意志がある以上、あの『蝶』を、僕は怪異として片付けることができる……だが、その前に、あなたには『蝶』を使って、やり残したことはないだろうか？」

「やり残したこと」

「あるのならば、やっておきなさい」

そう、己の胸に手を当てて、鏡見は勧めた。

ふらり、香は立ちあがった。しばらく、彼女はぼうっとしていた。だが不意にまばたきをすると、長い夢から醒めたかのようにすたすたと歩きだした。彼女の後ろに鏡見は続く。

廊下を裸足で歩くと、香は外にでた。庭には紅白の花が咲き乱れ、鶏が鳴いている。楽園じみた光景のそばには――新興宗教のリーダーである――老人がたたずんでいた。

　香の姿を見ると、彼は感動したように声をあげた。

「おおっ、よくぞ、『生き神』様、ご無事で！」

「おまえ」

「はい」

「おまえ、私のために悦びをもって死ねますか？」

『生き神』として、香は厳かにたずねた。予想外の問いかけだったのだろう。コッ、と意味のない音を鳴らして、老人は喉を詰まらせた。小刻みに、彼は眼球を左右に揺らす。

　そのまま数分、老人は香の言葉の撤回を待った。だが、その本気を悟ったらしい。

　しどろもどろに、老人は口を開いた。

「え……ええ……私は、確かに『神様』を信じております。死ねとおっしゃるのであれば、死にましょうとも。ですが、私には、来たる終末の日に、信者たちを導く義務がありますもので……それを果たしてからでなければ……大変に、残念なことですが……はい」

「ああ、命への執着があると」

「いえ、違いま……」

「それなら、安心しました」

「はい？」

どういう意味かと、老人は首をかしげる。

にっこりと、香はほほ笑んだ。そうしていっそ無邪気に、彼女は告げた。

「殺しがいがありますから」

ひらり、蝶が飛んだ。

ぶぅんと、腕が躍る。

切断された老人の左腕が、宙を舞ったのだ。バカらしいほど派手に、血飛沫が弧を描く。

ぎゃあっと、老人はまぬけに叫んだ。

その右腕がぼとんと落ちる。左足がぱたりと倒れた。右足がころんと転がる。そこで、攻撃は止んだ。どすんと胴が着地する。

逃げようというのか、ずるずるずるずる、芋虫のようになりながらも、老人は這い進んだ。垂れた涎が土と混ざり、泥と化す。だが、不意に彼はもがくのを止めた。気がついたのだろう。

もう、助かりようがないと。

激痛の中、老人は懇願した。

「ごろ、じて……殺してくだされぇ」

「いや」

死ぬまでにはしばらくかかった。

じっと、香はそれを見ていた。

過去に、檻の中の自分へ向けられたものと同じ。

虫の羽化でも観察するかのような、冷たい目で。

＊＊＊

バクンッと、『夜獣』はすべての『蝶』を食べた。

その後、鏡見と香は老人の遺体を移動させた。

村内の中央に置かれた——教義の刻まれた——石碑へと、もたれかけさせておく。救いを謳う文字のそばで、手足のない老人が血を流すさまは一種の風刺画のようだった。コレを見たあと、さすがに信者たちは自分で考えて動くだろう。そう、香は言った。

「あとは、知らないわ」

「それでいいでしょう」

もう、香は自由だ。

彼女は竹籠をもちあげ、投げた。最後に残した青い蝶を、香は踏み潰す。

それは圧倒的救済を意味した。だが、同時に、完膚なき破壊ともいえる。

ぼろぼろと、彼女は大粒の涙を落とした。

「全部が、夢だったらよかったのに」

百年夢を見ていたのならば。

あるいは、香そのものが、

「私自身が、蝶の見ている夢であればよかったのに」

「『知らず、周の夢に胡蝶と為れるか、胡蝶の夢に周と為れるかを。』」

鏡見はささやく。だが、香にはその意味はわからない。

ただ、すがるような口調で、彼女は彼へ必死に訴えた。

「お願いです、鏡見さん。私と一緒に生きてくださいませんか？　私はもうひとりぼっちなんです。母はいないんです。寂しいんです。どうか、私をひとりきりにしないで……」

「なりません。あなたとその契約は結んではいない。僕は、そういう生き物だ。契約のないかぎり、僕という存在は誰とも添えない」

鏡見は首を横に振る。静かに、彼は言いきった。

「僕自身が望もうと、叶いはしません」

声をあげて、香は泣きはじめた。そっと、鏡見は手を伸ばす。小さな頭を彼はていねいに撫でた。じょじょに、彼女は泣き止んでいく。淡々と、鏡見はせめてもの助言を与えた。

「あの老人の殺されかたは、人の手では不可能だ。今までは、彼に監禁されていた。外にでたら死んでいたとでも言えば、通るでしょう。山を降りて、警察に助けを求めるといい。あとは、流れるように流れるはずだ」

「……は、い」

こくりと、香はうなずいた。その背中を、鏡見はそっと押す。

彼のことを振り向き、振り向き、彼女は歩いた。遠ざかる様子を、鏡見は見守る。

その白い喉元が切り裂かれ、血が噴きだすまでを。

不機嫌に、鏡見は眉根を寄せた。彼の前では、香が死んでいる。

異変は一瞬のうちに起きた。忍ばせていた小刀で、彼女は己の喉を一気に切り裂いたのだ。だが、おかしかった。香は深く嘆き、悲しんでいた。それでも先ほどまでは、確かに生きる意志を見せていたのだ。ナニが、そこまで彼女を一気に絶望させたというのか。

誰が、そんな夢を少女に見させたのか。

バッと、鏡見は顔をあげる。そして、遠く、遠くに見た。

鏡見とは真逆の、白ずくめな女を。

彼女は白いワンピースに、白い帽子をあわせており、胸は豊かで背は高かった。

怪異で謳われる、八尺さまにも似た姿をしている。そして、正体がそうでもおかしくはないというほどに、女は異様な迫力をまとっていた。白い肌の下の肉は、生命力に満ちている。大型の獣のごとく、彼女は雌の気配を放ってもいた。それは甘やかで柔らかいが、根底には乳と血の匂いを隠している。

そんな女が、鏡見の前にいた。軽やかな口調で、彼女はささやくのだ。

「だから、言いましたのに」

私の邪魔をするなと。

鏡見は嗤う。声高らかに笑う。

少女がひとり、殺されたから。

「だから、どうした?」

女も嗤う。声高らかに笑う。

そうして彼女はささやいた。

「おまえは負けるわ」

いつか、私に。

予言を残して、女は去る。

そのとき、必ずや、おまえは。

己の無力さを知ることとなる。
守るべきものも守れないと。
そう、鏡見夜狐という存在そのもの、
その不自由さを、嘲笑うかのごとく。

第伍話　鋼の羊

「もー、旅にでるのなら、あからじめ言っておいてくださいよ！」

そう、ひなげしは頬を膨らませた。小花柄のエプロン姿で、彼女は腰に両手をあてる。

『黒屋敷』、一階の台所にて。独りで。

オフホワイトのテーブルのうえに、ひなげしは北欧製の大皿や色ガラスのボウルを並べていた。その中には大量のクレープに生クリーム、ジャムに果物各種を盛ってある。全部あわせるとなかなかの量だ。だが、それを食べる人員はといえば、彼女ひとりしかいない。

「せっかく、クレープ祭りを開催しようと思ったのに……自分だけで食べる虚しさときたらないですよ。まあ、鏡見さんが甘いものを嫌いだったときのために、ひとりで食べきる決意は固めていましたけれども」

そう言いながら、彼女はエプロンの紐を解いた。ていねいに畳んで、椅子の背にかける。鏡見には、『無駄だから作るな』と言明されていた。だが、ひなげしからすれば、彼は『お腹を空かせている』ように見えるのだ。一方で、鏡見自身には空腹を訴えられたことなど一度もない。故に、その印象がどこからきたのかは謎だった。それでも放ってはおけないと、ひなげしは色々と試してみることにしていた。嫌がられたときは、自分で食べる覚悟である。幸い、彼女は太らない体質なうえに、油分や甘味に対して負けない肌をもっていた。というわけで、本日はデザート系でまとめてみようと思ったら――完成する前に気づけという話だが――鏡見は不在だったのである。

単に外出中の可能性もあった。だが――試験で来られなかったのだが――四日前に置き忘れた文庫本が床に鎮座していたことから彼は長く出かけているものと推測ができた。それなりに邪魔な位置に落ちていたので、鏡見が在宅していれば蹴っ飛ばされているはずだ。

そういうところについて、彼は容赦がない。

「しかたありませんね。今日にも帰るかもしれませんし、ゆっくり食べましょう」

そう、ひなげしは席に着いた。茶色のまだら模様も美しく焼けた生地へと、彼女は手を伸ばす。続けて、手作りのイチゴジャムと生クリームを上に載せた。とろっとした見た目と甘い匂いに、ひなげしはお腹を鳴らす。くるっと丸めて、それを食べようとしたときだ。

「彼は、帰りませんよ」

白い女がささやいた。


ぼとぼとと、赤色と白色がテーブルに落ちた。

クレープがかたむいたのにも気がつくことなく、ひなげしは台所に立つ姿を見つめる。

長身で、胸の大きな女だ。白い帽子に白いワンピースというシンプルないでたちが逆に異形めいた印象をかもしだしている。彼女の体臭の奥底には、血と乳の匂いが澱んでいた。両方ともに——女性と縁深い香りであり——クレープからこぼれ落ちた色をも連想させる。

一時、ひなげしは完全に動きを止めた。それから無意識的に、彼女は生地を口の中へと押しこんだ。甘い。べたべたしている。きもちが悪い。噛み、砕き、無理やり、飲みこむ。

それから、ひなげしはたずねた。

「鏡見さんが帰ってこないって、どういう意味ですか？」

「そのままの意味ですよ。彼は帰りません」

「どうして？」

「私が殺したから」

さらりと女は応えた。はっ？　とひなげしは言葉を失う。脳が理解を拒んだ。鈍器で殴られたかのようになにも考えられない。その混乱を哀れむかのごとく、女はくりかえした。

「私が殺したのです、鏡見夜狐を」

冬乃ひなげしとはただの少女である。しょせん、彼女はなにもできない小娘だ。その自覚もある。同時に、ひなげしは決して『勇気なきもの』ではなかった。まず、彼女は汚れた手を紙ナプキンで拭いた。それから、堂々と、ひなげしは向かいの椅子を指し示した。

「座ってよ」

「嫌だと言ったら？」

「わざわざ『殺した』って教えにくるやつが、話をしたがらないわけないじゃない」

ひなげしは応える。なるほどと、白い女はうなずいた。優雅に、彼女は席に着く。それからとろりとした林檎の甘煮と、黄金色の蜂蜜、シナモンの小瓶を次々と指さした。

「こちら、いただいても？」

「好きにしたら」

「では、遠慮なく」

ごく少量ずつをとり、白い女は滑らかな生地で巻いた。四角く畳み、品よく口に押しこむ。紅い唇の内側へ、クレープは吸いこまれるように消えていった。

その上品な食べかたもまた、ひなげしの癪にさわった。なんというか、クレープはもっとこう——子供のように、パーティーっぽく——がっつくのが、正解であるように思う。だが、鏡見はどうかと問われれば、ナイフとフォークを駆使して食べるような気もした。

彼について考えると、胸の奥がざわざわする。必死に、ひなげしは頭を回した。告げられた事実を、彼女は咀嚼しようと努める。同時に、衝撃を丸呑みはしないように気をつけた。

まだ、ことの真偽は確かではないのだ。だから、ひなげしは問いを重ねた。

「どうして殺したの？」

「彼が私の邪魔ばかりしてくるものですから……次に会ったときこそはと考えていたのですが、無防備に去りゆく背中を見ていて、つい」

「つい、じゃないよ。どうやって殺したの？」

「知りたいですか？」

「はぐらかさないで」

「知りたいですか？」

「あのさあ、あなた」

「知りたいですか？」

機械のように、女はくりかえす。その隣に、もやもやとした黒い影が見えた気がした。心の底からひなげしはゾッとした。かつて考えたことを、彼女は発作的に思いだした。

たとえば、母の敵にかんして。

聞いてはいけない。耳にしてはならない。

それでも。

「教えなさいよ」

にたり、女は嗤った。羊が罠を踏んださまを悦ぶような嗜虐的な顔だ。表情筋の肉そのものといった柔らかな動きを目にしてひなげしは吐きかけた。その前で白い女は宣言する。

「『獏』を使ったのですよ」

そこから、ひなげしの記憶は急速に混濁した。

白い。怖い女。獏。あきらめなさい。命令？　そうじゃないわ。メェえ。メェえ。もういいのよ。獏？　変じゃない？　考えなくてもいいわ。こうすれば痛くはないからねぇ。

そうして、女はささやいた。

「あなたは、どんなユメが見たいの？」

「────でてって！」

自分の声で、ひなげしは我に返った。

カランと蜂蜜を入れた小鉢が回る。望みのとおり、ひなげしの目の前から女は消えていた。匂いも、気配も、痕跡もない。まるではじめから彼女など存在しなかったかのようだ。ひなげしは、とまどった。いったいなんなのだろう。混乱しながらも、彼女は動いた。生地を一枚ずつ乱暴に剝がして、無心にクレープを胃に収めていく。

なぜか、そうしなくてはいけない気がしたのだ。生クリームが舌に絡み、ジャムや蜂蜜が口内でべたつき、果物が歯のあいだで生ぬるく潰れた。甘い甘い、とても甘い、脳が焼け、臓腑が爛れそうなほどに甘かった。胸焼けがする。吐き気を堪えながら、ひなげしは片づけも終えた。そうして家へと戻る。

翌日にはまた驚くべきことが起きると知らずに。

失踪していた母が、帰ってきたのだ。

＊＊＊

「ただいま」

そう、母は恥ずかしげにほほ笑んだ。高校からのひなげしの帰宅を、彼女は玄関で待っていた。懐かしい表情を前に、ひなげしは立ちつくす。ドサリと、彼女はその肩からスクールバッグを落とした。なにが起きたのか、ひなげしにはわからなかった。

だが、嬉しいことのはずだ。

とてもとても、コレは嬉しいことのはずだ。

それなのに、頭はまともに動かなかった。ただ、ひなげしはなんとか言葉を押しだした。

「どこに、行っていたの？」

「それがね、わからないの」

母は応えた。ひなげしちゃんも気づいていたよねと、彼女は続ける。

長く長く、母は戦ってきた。その相手については、――ひなげしの身に危険がおよぶ可能性があるため――詳しくは語れない。ある日ついに、ソレとのあいだに『なにかがあった』。そのことについて、母はなにも覚えてはいない。ただ、死ぬような目に遭ったことだけは確かだ。そうして、彼女は――ひなげしを置いてはいけない一心で――足掻き、もがき、抗い続け、気がついたら家の前に立っていたという。

ひなげしはうなずいた。なるほど、よくできた話だ。

だが、そう思ってしまう自分のことを、ひなげしは心底嫌悪した。これは決してありえない話ではない。失踪者の死亡認定には七年の期間が必要だ。それまでのあいだに戻ってくる人間も少なくはないと、警察から聞かされている。

つまり、母は帰ってきたのだ。

もう一度、ひなげしは脳内でくりかえす。コレは喜ぶべきことだった。

そう、彼女は理性で判断する。乾いた喉の奥から、ひなげしは声を絞りだした。

「お母さん」

「うん、心配をかけてごめんね」

「お母さん、お母さん、お母さん！」

一度口にすると言葉は自然とあふれだした。靴を脱ぎ捨てて、ひなげしは母に抱きつく。

スズランの香水の匂いがした。母の香りだ。温かい。心臓の鼓動もする。生きている事実を確かめ、ひなげしはぐすぐすと泣いた。同時に、彼女は忘れがたい伝言を思いだした。

――愛する、ひなげしへ。

――私が死んだら、『黒屋敷』に行きなさい。

「そうだ、鏡見さんにこのことを伝えないと！」

「かがみ？」

「ほら、『黒屋敷』の……」

「『黒屋敷』？」

さあっと、ひなげしは全身の血の気がひくのを覚えた。一歩、彼女は後ろへとさがる。ギシッと、廊下は軋んだ。母は困惑した顔をしている。震える声で、ひなげしはたずねた。

「あなた誰？」

「お母さんよ」

それは、記憶の中の母そのもので。

だからこそ、なによりおそろしくて。

くるりと後ろを向き、ひなげしはスクールバッグをつかんだ。革靴を履いて、駆けだす。

そうしてひとり、彼女は墓地へと向かった。

ひと息に堤防へあがり、公園を横ぎる。まだ青い空のしたを走って、彼女は足を止めた。

「……えっ」

そこには、いくつかの薄汚れた墓石が立っていた。端のほうには犬の骨も落ちている。狭い空間は、コンクリートで固められていた。どこにも、黒い館など建ってはいない。

ひなげしは小さくつぶやいた。

「嘘……うそですよね、鏡見さん」

ふらふらと、ひなげしはその場に座りこんだ。六月の空気は暑い。じめじめとした熱を感じながら、ひなげしは顎の汗をぬぐった。そこで、スクールバッグの中からなにかがズルリと滑り落ちた。見れば、この前、『驚異の部屋』に置き忘れて、回収した文庫本だ。

　夏目漱石の『夢十夜』。そのページが開いて第一夜目が覗いている。

『百年、私の墓の傍（そば）に坐って待っていて下さい。きっと逢いに来ますから』

　じっと、ひなげしはそれを見つめた。続けて、猛烈な勢いで、彼女はスマートフォンを弄（いじ）り始めた。特定の連絡先を探す。鏡見のものだけではない——あの愛想の悪いタクシーの呼びだし番号、空子のＩＤ——確認したすべてが、きれいに消えていた。

　ひなげしは舌打ちする。彼女は立ちあがった。涙をこらえながらつぶやく。

「『自分は苔の上に坐った。これから百年の間こうして待っているんだなと考えながら、腕組をして、丸い墓石を眺めていた。』」

『夢十夜』の続きをひなげしは暗唱する。それから、彼女は両のこぶしを固めた。

「一が叶えば、すべてが帳消しになるなんてこと、絶対にない！」

　冬乃ひなげしはただの少女である。

　少女とはか弱く、力なき生き物だ。

　だが、同時に。

「あんまり女子高生、舐めてんじゃないわよ」

　少女とはこの世で一番強きものでもあった。

＊＊＊

ひなげしは、家の扉を後ろ手に閉めた。靴を乱暴に脱ぎ捨て、玄関へとあがる。

引き戸を開くと——台所と居間の一体化した部屋で——母が料理をしていた。ひなげしの好きな和風シチューの香りがする。生姜と味噌を利かせて焼きネギに大根、人参に鶏胸肉などを煮こんだ逸品だ。ひなげしはお腹が鳴るのを覚えた。振り向き、母は笑顔で言う。

「お帰りなさい。ご飯、できてるわよ」

ここで『ただいま』と応えれば、すべてがなにごともなく進むのだろう。

ひなげしは己に問いかける。母が大切か？　イエス。母を愛しているか？　イェス。母に帰ってきて欲しいか？　イエス。母さえいれば、他がまちがっていてもかまわないか？

答えはノーだった。

目を逸らしてはいけないことが、この世にはたくさんある。

ガタン、ひなげしはダイニングテーブルの椅子をひいた。おっとりと、母が振り返る。

迷い、揺れる心をひなげしは殴り倒した。いつかのように、彼女は向かい側を指し示す。

「座って」

「……ひなげしちゃん？」

「いいから」

「わかったわ」

母は席に着いた。ふたりは向きあう。じっと、ひなげしは大切な人の顔を見つめた。

自然と、彼女の目には涙がにじんだ。それを振り払って、ひなげしは鋭く口を開く。

「ここはね、私の望む夢ではないいと思う」

この温かな空間を粉々にするための言葉を、彼女は吐きだした。瞬間、微妙に、母は変わった。見た目には、ほとんど今までとの違いはない。だが、その身にまとう雰囲気は、明確に『親』のものとは異なった。母というよりもまるで教師のごとく、彼女はたずねる。

「どうして？　お母さんは帰ってきたわ。それだけでは足りないの？」

「そうだね。でも、ディテールが甘いよね。まず、お母さんの帰ってきた理由がよくわからない。この部分があいまいなのは、失踪理由を『私が知らないせいだ』……それと、ね」

ふうっとひなげしは息を吐いた。ぴくりと母は眉根を揺らす。

彼女に向けて、ひなげしは——意図して侮蔑的に——続けた。

「まず、あの墓地には犬の骨が落ちていた。それは、私がかつて同級生に聞いた話が再現されたから……でも、それって無理があるでしょ？　何年前の話だと思う？　今はもう、片づけられてるよ……それに、鏡見さんの存在を、痕跡までふくめて完全に消したのはやりすぎだった。おそらく、この夢に彼は邪魔……というより、あなたにとって思いどおりにできない存在だから、消す他になかったんだと思うけれども」

「それで？」

「でも、私は彼のいない未来を望まないから」

ひなげしは断言した。ついっと、母は美しく唇を曲げる。

女性としては完璧な——今まで見たことがない——顔で、彼女は言った。

「なぜ？　彼はあなたを陰惨な依頼に連れ回してばかりいた。お母さんとの平穏な暮らしを捨ててまでそれを望む理由が、私にはわからない」

「私もね。それを考えたよ。夢を捨ててまで、あんな日々を望む理由なんかあるのかって……でもさ、バカにすんなよ」

ドンッと、ひなげしは机を叩いた。キッと、彼女は目の前のナニカを睨みつける。

コンロでは、中身がぐらぐらと煮えている。焦げた異臭が、漂ってきた。だが、それは和風シチューの匂いではない。肉と髪と骨の燃える匂いだ。その中で、ひなげしは続ける。

「あの人とすごした日々は夢幻じゃない！　現実の私が刻んだ時間で、確かな経験だ。怖いものも見たけど、嫌な目にもあったけど、それを全部ゴミ箱に捨てたりなんかしない！

私は夢に逃げない！　都合のいいやり直しなんかするもんか！　それに、それに！」

たとえば、自分がひとりぼっちで。

耐えがたいくらいにさみしいとき。

確かなものが、現れてくれたなら。

――君は今、ひとりで、まるで鋼鉄のごとく孤独だ。

――ならば、この鏡見夜狐と生きてもらうとしよう。

「あの人は私と生きると言った！　その約束は破らない！」

「……あなた」

「だから、これは私の望んだ夢じゃない！　おまえは、私に『あなたはどんな夢が見たいの？』と聞いた！　それを叶えられていない以上、これを終わらせろよ！」

ひなげしの叫びは終わった。母は動かない。世界は停止している。

彼女の荒い息の音だけがひびいた。ダメかと、ひなげしは立ちあがる。

ソレの位置はあらかじめ知っていた。だから、彼女は迷いなく歩きだした。流しのしたの戸棚を開く。その中のプラスチックケースから、ひなげしはあるモノをひき抜いた。

鋭い、刺身包丁だ。

愉快そうに、母は問う。

「それで、私を殺すの？」

「そうじゃない。お母さんを殺せるわけが……いや、そうでなくっても、人殺しなんかできっこない。ただ、夢から覚める方法は定石が決まっているものだから」

夢から覚めるにはどうするべきか。

夢の中で眠るか、死ねばいいのだ。

刺身包丁の先端を、ひなげしは自分の喉へと向けた。腕が震える。べたつく汗が噴きだした。それでも他の方法は思いつかない。母をかぶった女は嗤う。そうして、ささやいた。

「それで夢から覚めたとしましょう。けれども、鏡見は死んでいるわよ？」

ひなげしは目を見開いた。その可能性は考えていなかった。アレは——ひなげしを動揺させ、心の隙を突くための——嘘だと思っていた。だがそうだ。本当の可能性だってある。

現実にもどったところで、母も鏡見もいないかもしれない。

それでも。

それでも？

「それでもいいなら、首をお切り。まあ、私はどちらでもいいのだけれどね」

瞬間、ひなげしは気がついた。

ああ、自分らしくなかったな。

コトンと、ひなげしは刺身包丁を置く。そうして、大きく息を吸いこんだ。彼女はこぶしを振りあげる。キョトンとしている母の顔へと向けて、ひなげしは叫んだ。

「どっせい！」

力いっぱい、思いっきり、

彼女は女に殴りかかった。

＊＊＊

勢いに、母の顔がブレ、ズレる。慌てて、女はひなげしのこぶしを避けた。瞬間、ひなげしの手には硬いなにかが当たった。それはまるで鋼のようだ。だというのに、モフモフと柔らかい。メェええええと、苦痛の声があがった。メェええ、メェええと、それは鳴く。

「えっ、羊？」

「『獏』よ」

『母』の皮は剥がれていた。ひなげしの目の前には、白い女がいる。だが、女自身はその事実に気づいているかも怪しかった。驚愕に、だろうか。彼女は目を見開いている。黒いモヤモヤしたナニカは暴れ、痛がっていた。そのさまを前にして、白い女は声を震わせた。

「さすが、冬乃ひなげし……私が幼いころから目をつけておいた『餌』ではあるわね……」

『獏』に一撃をいれるなんて……でも、あなた、なんで急に殴りかかったの？」

「大切な人を殺されたなんて言われて、黙ってるほうがおかしいでしょうが！」

「……それだけ？　この状況に恐怖はないの？」

「あっても、動かないよりかはマシですから！」

ひなげしは言いきった。ぺっと唾も吐く。

心底、白い女は呆れた顔をした。理解不能なものを見る表情だ。メェえと丸い生き物は啼いている。それに、女は手を触れさせた。鋼の毛なみを撫でながら、白い女はささやく。

「いいわ。本当は夢に深く溺れさせるか、自死をさせて魂をとろうと思っていたけれども……もういい。直接お食べなさいな」

メェえええええと、『獏』は嬉しげに応えた。黒いモヤモヤが、ひなげしに迫る。

瞬間、彼女は悟った。これこそが、母の敵。長年、ずっと戦ってきたものだと。

そして、コレに、母は負けたのだろう。

鏡見もコレに食われたのかもしれない。

許せなかった。怒りがこみあげた。自分も食べられるかもしれない。それでもいい。思いっきり、殴ってやらなくちゃ気がすまない。逃げるどころか、ひなげしは前にでて——

「どっせい！」

『獏』の腹にこぶしをめりこませた。硬い、鋼のような肉がなぜか歪んだ。ソレに臓器があるのか否かはわからない。ともあれ、たまらず、『獏』はどぷっとナニカを吐きだした。

黒くて、細いものだ。

だが、ひなげしにそれにかまう余裕はなかった。ふたたび、『獏』に突進されたせいだ。敵に肉体的な損傷はなかったらしい。輪郭のあいまいな口が開かれた。生臭い香りがする。

血と肉の匂いだ。

ひなげしは己の死を悟った。コレがそうだ。恐怖に、彼女はぎゅっと目を閉じる。『獏』が迫った。見えなくともわかる醜悪な姿が近づく。死が形をとって、傍に来る。そのまま、ひなげしが食べられそうになったときだった。

「やれやれ、無茶苦茶だな、僕の助手は」

声が、聞こえた。

ずっと聞きたかった声が。

黒い嵐が、ひなげしを攫う。外套に包まれた両腕が、危ういところで彼女を抱きあげた。彼はひらりと跳ぶ。同時に、ひなげしは『夢十夜』の第一夜、最後の文章を思いだした。

『「百年はもう来ていたんだな」とこの時始めて気がついた。』

「お待たせしたね、助手」

「遅いですよっ、探偵！」

そうして、彼は現れる。

怪異探偵、鏡見夜狐が。

＊＊＊

「やあ、ひさしぶりだね、ひなげし君」

「本当ですよ、なにやってたんですか！」

「強襲で食われてね。まあ、自力ででることもできたんだが君の選択を待っていたんだ」

「私の？」

ひなげしを抱えたまま、鏡見は後ろへと飛んだ。『獏』から、彼は距離を開ける。

一方で、ひなげしはきょとんとした。鏡見はうなずく。謡うように、彼は語った。

「人には人の幸福がある。夢と生き、夢と気づかず、溺れて死にたければ、それもいい。君には、それが許されている。そう思って、僕は出番は控えていたんだがね……いたっ」

「私がそんなもの望むわけないでしょうがーっ！」

「わかった。わかったから、僕の頬をひっぱるのはやめてくれ。伸びる、伸びる。まったく、容赦がないな……降りるとするよ」

トンッと、鏡見は優雅に着地した。抱えられたまま、ひなげしはハッとする。

いつのまにか、場所は実家の台所ではなくなっていた。ひなげしと鏡見は、『黒屋敷』の中にいる。テーブルには、まだ完成したクレープたちが置かれたままだ。

あれから、時は経っていないらしい。

白い女も、向かいの席に座っていた。だが、『獏』をともない、彼女は立ちあがる。

鏡見とひなげしを見つめ、彼女はささやいた。

「無駄なことを。そのお嬢さんはけっきょく、私に食われるというのに」

「やってみなければ、わからないでしょう？」

帽子を押さえて、鏡見は挑発する。それに、女は唇を歪めた。艶やかに、彼女は告げる。

「いいえ、あなたは存在が薄い。そして、契約に縛られる身。契約がなければ、私に勝つことはできないわ。そして、私に勝つための契約の代償となるものなどこの世にはない」

だから、あなたたちは、私に負けるのよ。

高らかに、女は笑う。そうして煙のように、彼女は姿を消した。声も残すことなく、

『獏』もいなくなる。まるで、はじめから、そこにはなにも存在しなかったかのように。

重い沈黙の中、ひなげしは鏡見の横顔を見あげた。

「……鏡見さん」

「………………」

彼はなにも言わない。ただ口元を押さえている。

おそらく、白い女の言うことは事実なのだろう。

契約は、ない。

彼は勝てない。

けれどもそれはひとまず置いておいて、ひなげしは己の頰を叩いた。喝を入れ直す。彼女は鏡見の黒い外套をひいた。うん？　と首をかしげた人に対して、ひなげしはたずねる。

「あの、クレープ、食べませんか？」

「……クレープ？」

「はい」

「僕にクレープなんて、おもしろすぎるだろう？」

「おもしろいから、いいかなって思って……」

ひなげしは応える。正直、絵面がおもしろいから選んだ部分はあった。

鏡見は迷う顔をした。だが、数秒後、しかたがないと彼はうなずいた。

「いただくとしようか」

ぱぁあっと、ひなげしは表情を明るくする。それから、彼女は忘れていた言葉を告げた。

「おかえりなさい、鏡見さん」

鏡見は、不意を打たれた顔をする。そうして帽子をもちあげ、彼は答えた。

「ああ、ただいま、助手君」

これで、やっといつもどおりの元どおり。

向きあって、ふたりはクレープを食べた。

第陸話　燦燦(さんさん)と晴れ

七月の空は、燦燦と晴れていた。

だが『驚異の部屋』は薄暗い。希少な甲虫の死骸。孔雀の羽根の扇。ライオンの毛皮の敷物。タスマニアンデビルの頭蓋骨。地動説の絵。干し肉。何百冊もの本。そんなものたちで床は埋められている。辛うじて空いた円形の空間には、丸いテーブルが置かれていた。

そこに男と女が、向かいあって座っている。

助手の姿はない。

艶やかな髪から、細身の外套、革靴の先まで、男は全身が黒かった。

女のほうは――流行には左右されないデザインの――半袖のブラウスに、デニムのスカートをあわせてまとっている。そうして、彼女の目には、男の本当の年齢が見えていた。

それは驚異的であり、おぞましいことでもある。女に向けて、男はたずねた。

「知らない仲ではありませんがね。こうして問いかけるのは、もしかせずともはじめてかもしれない……カスミさんの目には、この鏡見夜狐が、何歳に見えているのですか？」

「それは言わぬが花、というものでしょう。私とあなたの仲とはいえども……あなたさま自身すら忘れていることなど、私が口にすべきではありません」

「なるほど……おっしゃるとおり、ですね」

男――鏡見は軽く唇を歪めた。女――カスミは小さくうなずく。

ふたりのあいだに沈黙が落ちた。やがて鏡見のほうが先に口を開く。

「で、今回はあなたは、そう、なにをお望みだったのか」

「失礼かもしれませんが、あなたさまを試したいのです」

はっきりとカスミは応えた。その目には羅刹（らせつ）の覚悟がある。

ますます、鏡見は唇を歪めた。愉快そうに、彼はたずねる。

「僕をですか？」

「あなたをです」

「方法は？」

「依頼を」

依頼をします、とカスミは続けた。

足を組み、鏡見は優雅にうなずく。相手をおもんぱかる口調で、彼はささやいた。

「それがよろしいでしょう。僕は契約なくしては動けない身です。依頼が僕を探偵にしなければ、自らが望もうとなにもなせない。さあ、此度は僕にナニを求められるのです？」

「首吊り、顔面切断、手首切断、足切断」

淡々と、カスミは残酷なことがらを舌に載せた。

自身の顔の輪郭を、鏡見はツゥッと指でなぞる。柔らかく、彼はうながした。

「続けてください」

「以下が、妹の嫁ぎ先で数カ月以内に起きたできごとです。尋常ではありません――必ず、ここには怪異が絡んでいる」

「どうにも言いきりますね」

「その事実は事前に確認をしております……ただ、それを解くのはあなたに願いたい」

「なるほど、試験らしい」

パンッと、鏡見は両手を重ねた。それから、彼は金の天秤を指し示す。ふたりが喋るあいだも、それは冷たい、絶対的な沈黙をたもっていた。光る皿をつついて、鏡見は言う。

「僕を試したいのならば、ご自由にどうぞ。ただし、受けるか否か、すべては天秤の決めることだ。さあ、あなたの準備した代償を置いてください」

ことりと、カスミは迷いなく鞄からとりだしたものを置いた。小さな桐の箱だ。ズンと、天秤は限界まで腕をさげる。珍しいものを見るように、鏡見は目を細めた。ずいぶんと重い。めったに見ない重量だ。

だが、怪異とは吊りあった。

箱の中身は見ないままに、鏡見は告げる。

「よろしい——なれば、圧倒的救済か、完膚なき破壊をご覧にいれましょう」

彼は立ちあがった。座ったまま、カスミのほうは動こうとしない。いくつもある帽子かけのひとつから鏡見は純黒のホンブルグハットを選びとった。それをかぶって、彼は問う。

「で、妹さんの嫁ぎ先はどちらで？」

「今からご案内します。そうそう、それと先ほどの事件たちですが……」

「首吊り、顔面切断、手首切断、足切断ですか？」

「それを、被害者たちはすべて自分の手で行ったのです」

なるほどと、鏡見はうなずく。首吊り、まではわかった。だが、そのあとがおかしい。被害者たちは自らの顔面をスライスし、片足を切り捨て、手首を切り落としたというのか。

それは、さぞかし痛いだろうに。

「確かに、呪いがからんでいそうだ」

短く、鏡見は口笛を吹く。そうして、彼はささやいた。

『由紀ちゃんの呪いはせんからわたしの脇の下にあらわれて、日夜、わたしを責めさいなみます。私はとても生きてはおられません』」

横溝正史の『人面瘡』だ。有名な推理小説の一節を、彼はなめらかに唄う。

かすかに、女性は唇を動かした。その先の文を、彼女は知っているらしい。

けれども女性はなにも言わなかった。

だから、続きは紡がれぬままとなる。

助手がいれば、違っただろうが。

＊＊＊

「……やあ、僕だ。しばらく出かける。約束の振りこみは遅れるからそのつもりで」

山の中の蛇行した道を、鏡見たちは走っていく。巧みに、カスミは車を運転した。その隣で、鏡見は電話をかけた。通話口から、怒鳴り声がひびく。それに対して、彼は言った。

「しかたがないだろう。今回は首吊り、顔面切断、手首切断、足切断。背景には、ひどい怨みが垣間見える。これは……切ったな」

「誰ですか?」

「なに、単なるタクシーの運転手ですよ」

鏡見は応えた。うなずいて、カスミは車を走らせ続ける。

駅からバス停を十駅は越え、川を一本渡った。その川幅は狭く、流れはゆるやかだ。

窓を開け、鏡見は水の香りを嗅ぐ。風に目を細めて、彼はたずねた。

「まだ着きませんか?　どうにも、遠い」

「もう少し、お待ちください」

山頂近くで、車は立派な門をくぐった。駐車場に、カスミは車を停める。

車から降り、鏡見はあたりを見回した。

建物まではまだ十五メートルほどの距離がある。その先に白塗りの板壁のまぶしい、三階建てのルネサンス様式の建築物が見えた。七月の青空を背景に、全体が美しくかがやいている。ただ――あとから車の保有が趣味となったのか――駐車場とは別に半地下形状の近代的なガレージが併設されていることからは今の持ち主のセンスの欠けがうかがえた。

だが、そんなことは、鏡見にとってはどうでもよいことだ。

屋内から見ていたものか、ひとりの恰幅のいい男性が現れる。ブランドもののスーツ姿で彼は汗を拭いた。主（あるじ）らしき人間が自らでてきたことに対して、鏡見は軽く首をかしげる。

「この規模のお屋敷なれば、執事やメイドが、いらっしゃるものと思うのですが？」

「このところの騒ぎで、使用人は全員逃げだしてしまいましたよ……で、そちらが」

「鏡見夜狐様……怪異専門の探偵です。それでは私はあとで結果だけおうかがいします」

涼やかに告げて、カスミは車を急発進させた。アクセルをゆるめることなく、彼女はきわどく門をくぐり抜けていく。まるでここには一秒たりともいたくはないという様子だった。短く、男性は舌打ちをする。それから、残された鏡見のほうをうかがった。

「話には聞いておりますよ。はじめまして、竹林俊三と申します。なんでも、我が家の怪異をどうにかしてくださるとか」

「それが契約ですからね。まず、なにが起きたかうかがいましょう」

「そう、ですな……話さなければ、なりませんよね」

戸惑いがあるのか、俊三は言葉を濁らせる。それにはかまわず、鏡見は屋敷へ歩きだした。慌てて俊三は隣に並ぶ。茹（ゆだ）ったアスファルトを踏みつつ、彼は声を殺してささやいた。

「はじまりは、前妻の娘が首を吊ったことでした」

＊＊＊

書斎にて、鏡見は――首を吊ったという――長女の写真を手にしていた。

それは不自然な形をしている。写真のまん中だけを切り抜いたようだ、歪な輪郭の中では、父親とまだ小さな娘が笑っていた。少女は線が細く、清楚で気が弱そうだ。隣の父親は、今よりもだいぶ痩せていた。妙な写真を手に、鏡見はたずねる。

「切り抜いていないものは存在しないのですか？　それに……これはずいぶんと昔の写真のようだ。最近のものは？」

「前妻は、事故で死にました。後妻が、悲惨に死んだ者の姿を残しておきたくない、不吉だと強く言うので……娘と私だけ切りとって、その形に……以降、長女は外出を嫌がるようになりましたので、新しい写真は撮る機会がありませんでした」

「……そうですか」

本棚の天板のうえへ、鏡見は視線を走らせた。そこには、今は高校生らしき弟と、中学生らしき妹、加えて、後妻の写真がなん枚もあった。家を背景としたものも多い。とうぜんだ。出かけなくても写真を撮ることはできる。だが、その事実にかんしては、鏡見はなにも言わなかった。ただ、家族の姿を観察し、彼は目を細める。

「弟君と妹君の顔立ちは華やかだ。後妻のかたによく似ている。まあ、写しかたからもわかりますが……この中で長女だけが、前の奥様とのあいだの子どもなのですね」

「ええ、まあ」

「そして長女は首を吊り……顔は誰で、足は誰で、手首は誰です？」

写真を、鏡見は元のとおりに置いた。アーロンチェアに腰かけながら、彼はたずねる。

不躾な質問に、俊三はなにかを言いかけた。だが、言葉を飲みこむ。鏡見はうなずいてみせた。俊三にもわかっているだろう。回り道をしようがまっすぐ進もうが、結論は同じ。起きた悲劇に、変わりはない。

「顔は妻です……彼女はステーキ用ナイフで肌を切っただけでなく、肉を掘り進んでいた。そうして、出血多量と、脳の一部損傷で死亡しました」

「それはまた深い傷だ。自分でやるには、相当な覚悟が必要だったでしょうに」

感心したように、鏡見はささやく。

疲弊しきった表情で、俊三はうなずいた。妻の死にざまを思いだしたものか、その顔からは血の気がひいている。しかも、彼にとっては不幸なことに惨事は終わらなかったのだ。

「手首は息子が包丁で……足は娘が庭師用のナタで……妻のものは映像に残っていますが、ごらんになりますか？」

やけくそになっているのか、俊三は歪に顔をひきつらせて言った。なんでも自傷現場はガレージであり――高級車をなん台も保管していたことから――監視カメラが設置されていたのだという。警察にすでに映像は提出済みだが、事件性は確認されなかったとの話だ。

とうぜん、鏡見はうなずいた。後悔しても知りませんからねと、俊三は釘を刺す。

そんなもの、鏡見が覚えるわけがなかった。

＊＊＊

テレビは、台所と繋がるリビングに置かれていた。

そこに、ふたりは移動をしている。ソファーに座り、鏡見は映像を再生した。

肉塊が落ちる。血が飛び散った。

映像は酸鼻を極めた。意味をなさない絶叫も耳にうるさい。

だが、見ごたえはあった。眼球が支えを失い、落ちたところなどユーモラス性すら感じさせた。やがてナイフの動きは鈍化し、顔を掘る手は力を失った。後妻は血の中に倒れる。

そこで、鏡見は映像を巻き戻した。

室内では止めが入るとわかっていたのだろう。後妻は車のサイドミラーに顔を映しながら、自傷を行った。そのせいで彼女が暴れ、殴り、傷をつけ、血を大量に浴びさせた／ルファロメオ・ジュリアは処分せざるをえなくなったとのことだ。

彼女がガレージに入ってくるところで、鏡見は映像を止めた。

ソファーの逆端に座った俊三に、彼は声をかける。

「ここ。顔にガーゼが貼られていますね。奥方は顔に怪我を？」

「それは、その数日前から貼りはじめたものです。怪我でもしたのかと聞いたら、そうではないと……それのせいで、私の家庭内暴力が疑われ、ひどく苦労をしました……まさか、あなたまで私を？」

「疑いませんよ。奥方自身がそう言っていたのでしたら、このガーゼは傷を塞ぐために貼っていたものではないのでしょう。なにせ、『傷を掘りだす』とは、意味がわからない」

「傷を……掘りだす？」

「奥方はガーゼを剝がして、『その位置を執拗に掘っている』ように見えるのです」

少し映像を進めたところで、鏡見は停止ボタンを押した。ステーキ用ナイフが肌に当たったところで、映像は凍りつく。だが、彼女が『掘りだそうとしていたもの』はどこにも見えない。画質は粗いが、顔は傷ひとつなく綺麗なものだ。ならばどういうことかと、俊三は困惑した表情をする。鏡見は両手の指先をあわせた。ふむと、彼はつぶやく。

「あなたにも警察にも見えていない。だが、彼女にだけは『ナニカ』が見えているんだ」

「ナニカ、ですか？」

「奥方は『自分にだけ見えるものを、自分の目から隠すため』にガーゼを貼った。だが、それだけでは存在を無視することができなくなり、切り、抉りとろうとした……つまり、それはおそらく『しゃべる』んです」

「しゃべる？」

オウム返しの俊三の問いに、鏡見はうなずいた。己の手首と足を撫で、彼は続ける。

「弟さんの手首、妹さんの足の切断が行われたのも同じ理由からでしょう。『切断』とは、自身から肉体の一部を切り離す行為です。『己の体にできた、自分だけに見える、しゃべる腫瘍』――それを切除しようとしてひとりは死亡し、ふたりは重傷を負ったのですよ」

唄うように、鏡見は真実を紐解いていく。しかし、と、俊三は声を絞りだした。

「息子も、娘も、そんなものができた……見える、聞こえるとは、ひと言も……」

「おそらく、それは腫瘍の『しゃべっていた内容』に関係がありますね。彼らは罪の糾弾をされたんだ。だからバレるのを恐れて、誰にも言えなかった」

それほどまでに、彼らは恨まれ、呪われ、祟られた。

だが、と鏡見は言葉をきる。

「こうなると『長女の首吊りが浮いてくる』。首吊りでは体からなにも切り離せやしないからね――お聞きしたいのですが、もしや生前に長女は『貘の女』……白い女と接触したか……それか、もしや首吊り後も死ぬことなく、そのような相手と出会ったのでは？」

目を細めて、鏡見はたずねた。

ああっと、俊三は口を開けた。彼の口からおかしな言葉が漏れる。

「『貘』が」

白い女が病室に。貘。お見舞いです。誰だ？　気にしないで。メェえ。メェえ。かわいそうに。貘？　なんだソレは？　この娘に用があるの。こうすれば痛くはないからねぇ。

そうして、女は長女へとささやいた。

『あなたは、どんなユメが見たいの？』

「……なるほど、わかりやすい」

帽子を押さえて、鏡見はつぶやいた。

傷を抉るように、彼はさらに真実を深掘りしていく。残酷な事実に、鏡見は手をかけた。

「長女の首吊りの原因は、三人にあったのでしょう。だが、単に、『彼女だけ』が呪ったにしては、効果が強すぎるな……おそらく、ですが、あなたには、長女以外にも『前妻とのあいだの子』がいましたね？」

「は、はい。でも、なぜ、それを」

「写真が『切り抜かれていた』からですよ」

歪な形を虚空に描いて、鏡見は応える。

不吉に死んだのが『ひとりだけ』ならば、あの形にはならない。

「前妻の姿を排除したいだけならば、写真の片側だけを切り落とせばいい。しかし、あの写真は『まん中が切り抜かれ』ていた。つまり、左側にも、右側にも、不吉に亡くなった方が写っていたというわけだ」

「長女には……双子の姉がいました」

「そうして、長女だけが生き残った、か……で、呪いには、おそらく亡くなったふたりの存在が関係している」

ふうっと、鏡見は息を吐きだす。そうして、彼は俊三に問いかけた。

「長女が生き残った事実を、三人は責めたのではないですか？」

父親は顔をひきつらせた。視線を、彼は左右に泳がせる。思い当たる節があるらしい。

だが、いっそ胸を張って、父親は言葉を絞りだした。

「アレらはちょっとしたおふざけでしたよ」

「なるほど……責めていたわけだ」

「いや、そんな……心外だ！　妻はちゃんと長女のぶんの食事も作っていたし、弟も妹も機嫌のいいときは甘えていたんだ。それなのに」

「どれだけ虐げていたのかは、僕の知ったことではありません。でも、気まぐれに優しいときがあったのならば、それも逆によくなかったんでしょうな」

生かされながら、ときには優しくされながら、定期的に『なぜ、生き残っているのか』を問われる。そして、何度も虐げられる。歪なくりかえしに、長女は精神を削られたのだろう。死んだふたりへの罪悪感からも、彼女はあとを追うことに決めた。

そして、おそらく願ったのだ。

死んだ母と姉が。

助けてくれれば。

「……つまり、長女の呪いで、私たちはめちゃくちゃになったのですか？」

「まあ、そうだね」

恨まれたものは祟られた。その事実を、鏡見は肯定する。

ぎゅっと、俊三はこぶしを握りしめた。歯を強く嚙みしめたあと、彼は吐き捨てる。

「それなら……今、長女の入院している病院の医者には、金銭的な貸しがあります。それを帳消しにしてやるかわりに、医療ミスを装わせて……そうだ。私が決着をつけますよ」

「おやおや、あなたは『長女だけが悪い』と処刑して終わらせるおつもりですか？」

鏡見は肩をすくめた。心底、彼は呆れたという顔をする。

それに対して、俊三は口を開いた。顔を赤くして、彼はツバを飛ばしながら訴える。

「そりゃ当然だろう！　ちょっとしたイジメにこの仕返しはひどすぎる！　私は新しい妻を失い、子も一生失ったものを引きずるんだぞ！　負担は私にくる！　やってられるか！」

「そのちょっとしたイジメで、長女は首を吊っているんですよ」

諫めるように、鏡見は語りかける。

まるで、反省しなければその先は奈落だと教えるかのように。だが、俊三は吐き捨てた。

「知るか、そんなこと！」


あーあ、言っぢゃっだ。

声が、ひびいた。

俊三の眼球から。

＊＊＊

「『じっさいそれは世にも薄気味悪い腫物だった。土座衛門のようにぶよぶよとして、眉毛のあるべきところに眉毛がないのが、ある種の悪い病気をわずらっている人間の顔のようである。眼のかたちはありながら、眼球のあるべきところにそれがなかった。唇をちょっと開いているように見えるのだが、唇のあいだには歯がなかった』」

横溝正史の『人面瘡』。その一文を、鏡見は滑らかに語る。

実際、それとよく似た腫瘍が、俊三の眼孔にはできていた。両目にひとつずつ亡くなった人の顔がはまっている。長女が『死んだふたりに助けて欲しい』と願った結果、それは祟りに現れたのだ。また、その顔は『人面瘡』の描写よりもずっとおぞましい代物だった。

なにせ、肉は膨れ、肌は焼けただれている。

「なるほど、ふたりは事故の末の焼死だったわけか」

「なっ、目、が、なっ、なっ、なにっ！」

冷静に、鏡見はささやく。一方で、俊三は恐慌をきたしていた。

その目の中で、ふたり——長女の亡くなった母と姉——は喋りはじめる。

『次は自分の番だと、思わながったわけ？』

『見でいただけで、見でいたくせに、なにも、あの子にやってでくれなかったぐせに』

濁った、怨嗟の声はつづく。

それは、俊三の『見ていたもの』を炙りだしていった。

ソファーの持ち手に、鏡見は頬杖をついた。目を閉じて、彼は囀りを聞く。

『小さな嫌がらせ』は、真っ赤な嘘だったらしい。定期的に、後妻は長女の食事に薄めた洗剤を混ぜこんでいた。妹は友人たちの前で椅子にした。弟は姉の体で童貞を捨てている。

そのすべてに俊三は気づいていた。そして、なにも見ないふりをした。

平穏な家庭を、保つために。

『そんな役立たずな眼球なら、いらないよねぇ？』

『私だちに、ふだつともくださいな」

ふたりは、カラカラと笑う。

瞬間、俊三は立ちあがった。フラフラと、彼は歩きだす。そうして、フランス製の可憐な食器棚にぶつかった。棚を乱暴に引きだして、彼は投げ捨てる。ガシャアアンッと派手な音が鳴った。いくつもの銀食器が散らばる。数十の形を探り、俊三はスプーンを拾った。

震える声で、彼は叫ぶ。

「おまえたちの好きにさせるか……させるものかぁ、私は！」

私は、悪くない。

悲鳴じみた声がひびいた。

なるほどと、鏡見は思う。痛みを越えさせたものは、恐怖と嫌悪だけではない。

強い怒りもあったのだと。

かくも、人間とは愚かだ。

「うおおおおおおおおおおおおおおおおおおおおおおおおおおおっ！」

獣のように叫びながら、父親は己の目を抉った。

ずるりと視神経が伸び、ぶちりとちぎれる。血の塊がぼたぼたと落ちた。だが、笑い声は止まらない。父親は、スプーンを動かし続ける。掘って、掘って、掘って、掘り進める。

柔らかな肉があふれ、ぐちゃぐちゃと音を立てた。かき混ぜられた血が泡だつ。

そして。

ゆっくりと、鏡見は立ちあがった。口笛を吹きながら、彼はでていく。

あとには眼孔に二本のスプーンを突きたてた、男の死体が残っていた。

＊＊＊

七月は暑い。

燦燦と、金色の光が降り注いでいる。

駐車場に、カスミの車はすでに待っていた。

　無言のまま扉を開けて、鏡見は乗りこむ。彼の体からは、むせるような血の匂いがした。だが、カスミはそれについてはなにも言わない。換気をしながら、彼女は鏡見にたずねた。

「事情はおわかりいただけましたね？」

「嫌というほどね」

「ならば怪異のもとを祓っていただきたいのです。姪は眠ったままです。悪いユメから醒めない。このままでは、あの子は触れるものすべてを呪うようになってしまいますので」

「なるほど、あなたの妹さんとは前妻のほうだったわけだ」

　納得したように、鏡見はささやく。小さく、カスミはうなずいた。

　ふたりは山から降りた。そのまま、病院に向かう。

　個人経営のこぢんまりした建物の前で、車は止まった。カスミに連れられ、鏡見は中へと入る。首を吊った長女は、一般的な個室で眠っていた。点滴に繋がれてはいるものの、他の処置はされていない。ただ、首元には痛々しい縄の跡が残っていた。

　その頭を撫でながら、カスミはささやく。

「総合病院のほうで、『もう命に別状はない。目覚めない理由は精神的なものだ』と言われて、こちらに移されましたの。本当は家にと言われたのですが、あの男が拒んだもので……妹が亡くなってからの状態を、私が、もっと早くに気づいてあげられればよかった」

暗い瞳をして、カスミは唇を噛む。だが、時間は戻らない。

彼女は首を横に振った。鏡見を振り向いて、カスミは頼む。

「この子のユメを食ってやってくださいな」

「……弱ったな」

鏡見は口元を覆った。めずらしく、彼は悩んだ様子を見せる。

カスミは首をかしげた。彼女に向けて、鏡見は真摯に告げる。

「人とはまだらなもの。憎しみや恨みは喜びやいつくしみの感情ともたやすく混ざってしまう。だが、彼女の負の感情をとり除かなければ、悪いユメからは覚ますことができない。それを食らうには、彼女をあまさず食べなければ……つまりは殺すことになるのですよ」

「ああ、それならば心配はいりません……おいで」

カスミは誰かを呼んだ。ガラリと扉が開く。五歳程度の幼い女の子が現れた。寒さに震える花のごとく可憐で短命そうな娘だ。だが、そのわりには元気よく、彼女は飛び跳ねた。

小さな頭を撫で、カスミは言う。

「お願いね」

「うんっ！」

元気よく、女の子は応えた。ぐるぐると暴風のごとく、彼女は腕を回しはじめる。

なにをするつもりかと鏡見はそのさまを眺めた。実に勢いよく、女の子は動いた。

「どっせい！」

威勢のいい声とともに、彼女は眠る娘を殴った。

なにをするのかと、さすがの鏡見も驚く。

さらに、おかしなことが起こった。

娘の体から焼け焦げたふたつの塊が飛びだしたのだ。怨みや嘆き、呪いが形になったものだろう。普通、それを人から分離させることなどできない。まさに奇跡の所業といえた。

目を見開きながらも、鏡見は軽く指を鳴らす。バクッと、『夜獣』がふたつを食べた。

あたりが静かになると、鏡見はたずねた。

「それは……その少女は、なんです？」

「この子は稀なる器。生まれながらの聖なるもの。だから『獏の女』は己と『獏』の力をより増すための餌としてこの子に目をつけた。私の妹の娘に接触したのもそのせいです」

ぎりっと、カスミは唇を噛んだ。さらに、鏡見を見つめ、彼女は白い女の思惑を語る。

「奴があなたにちょっかいをかけ続けてきたのも、私が四月の金沢旅行中にあなたに手紙をだし、お土産を買ってくるほどの関係だったせい。いつかは、私を経由して、この子を食うのをあなたに邪魔されるとわかっていたからなのです」

「なるほどね……」

小さく、鏡見はつぶやいた。彼は少女を見つめる。相手は幼い顔をあげた。じっと不思議そうに、彼女は鏡見を見つめる。花のような少女に向けて、鏡見はうなずいてみせた。

「こうして縁が結ばれた以上、いつか、君は僕を探しにくるのかもしれないな」

少女は首をかしげた。だが、なにを考えたものか、こくりとうなずきを返す。

しばし見つめあったあと、鏡見はカスミのほうを向いた。そうしてたずねる。

「で、この稀なるお嬢さんはなんと言うのですか？」

「……この子の名前は」

鏡見は問う。カスミは愛しげに、小さな頭を撫でた。

そうして彼女は。

母親はささやく。

「冬乃、ひなげし」

第漆話　つまりすべてはどういうことであったのか？

「つまり、助手君のいないときのことはすべて『過去の話』だったんだよ」

「……えっ？」

白い女は驚愕した。彼女と鏡見は向きあって座っている。目の前のテーブルには、クレープや添えの果物、蜂蜜やジャムがこれでもかと置かれていた。そして鏡見のそばには高校生まで成長したひなげしが立っている。周りの静物と同様に、彼女の姿も固まっていた。

今はどんな時だったか、白い女は思いだす。

だから、あなたたちは、私に負けるのよ。

そう言って高らかに笑ったあとだ。

その直後で、時が停められていた。

まるで、すべてが夢の中のできごとのようだ。そこで、彼女は——今までの鏡見との因縁が、彼から見ればどうだったのかを——見せられてきたかのようだった。だが、そんなことができるのは、夢を操る、白い女だけのはずだ。

こんなこと、誰とも契約を結んでいない鏡見には。

「結んでいるのさ、『冬乃ひなげしを守る』という契約をね」

「……そんな、まさか」

女は応える。そんな代償を払えるものなど、この世界にはいないはずだ。『女』と『獏』という怪異に吊りあわせるには、天秤の腕を破壊するほどのすさまじい重量が必要だった。だが、鏡見はささやく。

「それがいたのですよ。払ったものが」

「……もしかして！」

「そう、それこそが」

冬乃ひなげしの母親の消息不明の理由なんだ。

鏡見は紐解く。

その、真実を。

＊＊＊

『驚異の部屋』にて。

燦燦と晴れた七月から、十数年後。

ひなげしの母、カスミは鏡見を再訪した。

「おひさしぶりです」

「やつれられましたね」

「ええ、あの女と長く戦ってきたものですから……でも、そろそろ私の力では限界です」

「しかし、僕には契約がなきところ、なにもできない」

「わかっています」

自ら、母は椅子を引いた。向きあって、鏡見と彼女は座る。そうして、母は細く息を吐いた。いつのまにか『驚異の部屋』に飾られている桐の小箱を見つめて、彼女はささやく。

「あのとき、載せたのは『ひなげしのへその緒』でした。しかし、あなたにひなげしを守ってもらうにはもっと重いものが必要でしょう？」

「ええ、しかし、それを払えるものはこの世には」

「あります」

母は言いきる。鏡見は困ったように笑う。そんなものは、いはしないのだと。だが、次の瞬間、彼は気がついた――その真実に――彼女が、本当ならばもう生きていないことに。

「あなたは……」

「代償となるものを載せましょう。それは――」

『聖なるものを産んだ子宮』です。

母は、天秤に血濡れた肉塊を載せた。言うなればそれは処女懐胎をなした胎であり、聖骸布や仏舎利と等価値であった。ぐわぁああああんっと、天秤の皿が大きくかたむく。

片方には『女』と『獏』の怪異が載る。

旧き天秤は吊りあい――

母は、笑顔で言った――

「あの子を守ってくださいね」

そして、金色の腕は折れた。

黄金の飛沫が宙を舞った。まるで、二本の人の腕が折れ、血の雨を降らしたかのようだ。

圧倒的な静寂が、場を支配する。金の破片は震えながらくっつくと、元の天秤へと戻った。

そのうえの子宮は、消えている。

やがて鏡見は小さくつぶやいた。

「……天秤は、壊れた。絶対的な、契約の成立だ」

これで僕は約束のためならばなんでもできます。

鏡見は顔を覆う。その前で、母は動かない。

生きたまま子宮を抉り、彼女は死んでいた。

敬意を払って、鏡見は己の胸に手を当てた。お辞儀をして、彼は告げる。

「ありがとう。これで、僕は『獏の女』に勝てる」

それが、冬乃ひなげしの母の失踪の理由であり、過去の終わりであり、現在のはじまりであった。

＊＊＊

「嘘よ、嘘よ、そんなの！」

「嘘ではないさ。『僕は勝てない』と、おまえはくりかえした。だが、その結果は……もう過去と現在では完全に変わっているんだ」

契約のあるところ、鏡見は自由に戦える。そして天秤が壊れた以上、力に制限はない。

さらに、『冬乃ひなげしを守る』という契約は絶対的に成立している。

彼女の母の犠牲をもって。

半狂乱になりながらも、女は視線を動かした。ひなげしのうえで、彼女は視線を止める。

確か、この可憐で無茶苦茶な娘は母を愛していたはずだ。だから、白い女は彼を責める。

「そ、それをこの子が許すとでも？」

「いつか、ひなげし君が事実を知って、僕を殴るのならそれでもかまわないよ」

なにが起きるかおもしろそうだからねと、鏡見は謳う。

女は、なにかを言おうとした。だが、なにを口にしても無駄だと悟ったらしい。呆然と、
彼女は立ちつくした。だらりと、手が力を失う。泣きそうな顔で、白い女は必死に訴えた。

「お願い助けて」

「いやなこった」

ぱくんと、『夜獣』はその姿を食べた。

途端、猛然と凍っていた時は動きだす。

ひなげしには、おそらく高らかに女が笑い、消えたように見えたことだろう。

だが、そうではないのだ。笑みを隠して、鏡見は口元を押さえる。

そんな彼の外套をつかんで、ひなげしは言った。

「あの、クレープ、食べませんか？」

鏡見に味覚はない。だが、勝利にはなにかを食べるのもいいだろう。そう、彼は席へと着いた。実際、『獏』を食べて、鏡見の腹はだいぶ膨れている。ひさしぶりの充足だった。

そんな彼を見て、ひなげしは嬉しそうに笑う。

これで、やっといつもどおりの元どおり。

向きあって、ふたりはクレープを食べた。

「つまり、だよ。このときには、実はもう決着はついていたということだね」

「鏡見さん、誰に対して、なにを言っているんですか？」

「別に」

クレープはすべてなくなる。

口元を拭いて鏡見は告げる。

「ごちそうさまでした」

からんと、フォークとナイフが、白い皿を叩いた。
一滴だけ、紅いジャムが、血のように残っていた。

終章にして序章

まぎれもなく、彼は勝者であった。

だから、花のように笑って、

艶やかに、女は言い捨てる。

「おまえなんて死んでしまえ」

光栄ですよと、男は応えた。

女の剝きだしの殺意をひきだせたことを、彼はそう称する。あいかわらず、声は申しわけなさそうで楽しげだ。それでいて、男の表情はしんと凪ぎ、乾いてもいる。

蝉は、鳴かない。

ただ死んでいる。

女は去らない。

男は動かない。

やがて、女は口を開いた。

「口惜しいことに、私は『獏』を失った……この身だけは残ったものの、もう命はないでしょう。過去のすべてが押し寄せてきて、もうすぐにでも、私を残酷に、無惨に殺すわ」

「お気の毒なことです」

「だから、あなた……私を連れて、どこまでもどこまでも、逃げてはくれないかしら？」

ほんのひと筋の希望の糸にすがるように、女はささやく。鏡見は目をまたたかせた。それは鏡見の業であり、確かに女の負けた証でもある。その無様を、彼は嗤いはしなかった。

ただ、帽子を押さえて、鏡見は答える。

「残念ですが、あなたとのその契約は結んでいない。今まで、何度もくりかえしてきましたがね。契約のないところ、僕は誰とも添えないのですよ」

「つまり、あなたに添えるのは、冬乃ひなげしだけなのね」

「おや？」

ぱちくりと、鏡見はまたたきをくりかえす。そして、考えたすえにつぶやいた。

「どうやら、そのようですね」

「ええ、そうよね。やっぱり」

おまえなんて死んでしまえ。

その言葉を最後に、女はふっと消えた。

あとにはなんの音もしない。だが不意に生き残りの蟬たちが鳴きはじめた。公園に子供が入ってくる。そのにぎやかな声を聴きながら、鏡見は外套をひるがえして立ちあがった。

なにごともなかったかのようにひとり、彼は『黒屋敷』へと帰る。

ベンチのうえには――追悼のごとく――黒い帽子が残されていた。

＊＊＊

「もう、『獏』に狙われることはないから、助手の仕事はやめていい」

そう、鏡見はぽいっとひなげしを追いだした。

なにか、叫んでいたが、知ったことではない。

こうして、『黒屋敷』には平穏が戻った。『驚異の部屋』は圧倒的な静けさに包まれる。元の沈黙の中、鏡見はこれでいいとうなずいた。さみしさなど、彼は微塵も感じはしない。

それが鏡見夜狐という生き物なのだから。

だが、ふと、彼はある一文を思いだした。

「『もうこの人のほんとうの幸になるなら自分があの光る天の川の河原に立って百年つづけて立って鳥をとってやってもいい』」

宮沢賢治の『銀河鉄道の夜』の一節だ。だが、どうして、自分の中から、自然とその文がでてきたのかはわからなかった。はてなと、鏡見は大きく首をかしげる。

また、続きを暗唱するものはいなかった。

ここに、助手はいない。

だが、そのときだった。

「人をかんたんに追いだせると思ってんじゃないですよぉ、バカぁ！」

「なんなんだい、君は」

勢いよく、『驚異の部屋』の扉が殴り破られた。

ここは、依頼人にしか開かない。そのはずなのに、やはり無茶苦茶だった。

扉の外には、涙目のひなげしが立っている。彼女は本気で怒っていた。同時に、そこまで聞こえていたのだろう。こぶしを固めて、ひなげしは鏡見の読んだ文章の続きを叫んだ。

「『また僕たち二人きりになったねえ、どこまでもどこまでも一緒に行こう。僕はもうあのさそりのようにほんとうにみんなの幸のためならば僕のからだなんか百ぺん灼（や）いてもかまわない』」

ぼろぼろと涙を流しながら。

大声でひびく言葉を聞いて。

もういいか、認めようと、鏡見は思った。

なにが、もういいのかはわからなかった。

自分でもなにを認めたのかは不明なままに、鏡見は続ける。

「で、君は単に、馬車馬のごとく、ここで働きたいから帰って来たのかい？」

「うっ、そ、それが家に帰ったとたん、変な生き物がぞわぞわと現れまして」

そこで鏡見はため息を吐いた。『獏の女』のツバつけがなくなったせいだ。ひなげしは——本人は知らないが——『聖なるもの』だった。それは色んな魑魅魍魎（ちみもうりょう）が彼女に手をだそうとしているのだろう。そうして、鏡見はひなげしの母の約束と女の言葉を思いだした。

――あの子を守ってくださいね。

――つまり、あなたに添えるのは冬乃ひなげしだけなのね。

「ふたつめはどうでもいいが……ひとつめの期限は言われていない」

「なんの話を、誰に対してしてるんですかぁ？」

「いいよ、君はふたたび、僕の助手だ」

あっさりと、鏡見は告げる。

ひなげしは目を見開いた。そして彼女は花のように笑う。勢いよく、ひなげしは床を蹴った。子供のように、彼女は鏡見に抱きつく。それを受けとめながら、鏡見は目を閉じた。

たくさんの別れがあった。

たくさんの見捨てたものがあった。

そして、今、

助手であり、守る約束をしていて、唯一自分と添える少女に、鏡見は告げる。

まるで、ほんとうのさいわいを探す、旅のさなかのごとく。

「『どこまでもどこまでも一緒に行こう』」

こうして探偵と助手の物語ははじまる。

終章にして序章――ふたたびの始まりへ。

本書は書き下ろし作品です。

バレエ・メカニック

津原泰水

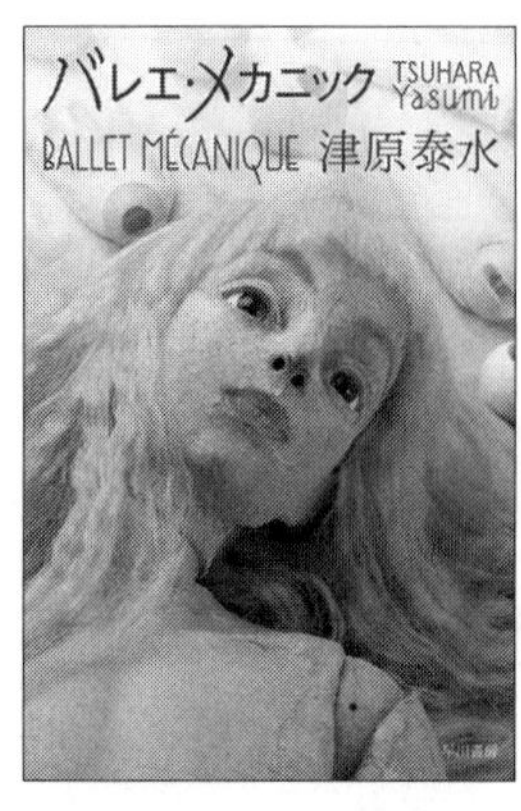

造形家・木根原の娘・理沙は、九年前に海辺で溺れて以来、昏睡状態にあった。都心での商談後、奇妙な幻聴を耳にした木根原は、奥多摩の自宅へ帰る途中、渋滞の高速道路で津波に襲われる。理沙の夢想が異常事態を引き起こしているらしいのだが……希代の幻視者による機械じかけの幻想、全三章。解説／柳下毅一郎

ハヤカワ文庫

アステリズムに花束を

百合ＳＦアンソロジー

ＳＦマガジン編集部＝編

百合――女性間の関係性を扱った創作ジャンル。創刊以来初の三刷となったＳＦマガジン百合特集の宮澤伊織・森田季節・草野原々・伴名練・今井哲也による掲載作に加え、『元年春之祭』の陸秋槎が挑む言語ＳＦ、『天冥の標』を完結させた小川一水が描く宇宙ＳＦほか全九作を収める、世界初の百合ＳＦアンソロジー

錬金術師の密室

紺野天龍

アスタルト王国の錬金術師テレサと青年軍人エミリアは、稀代の錬金術師フェルディナント三世が実現した不老不死の公開式に赴いた。だが式前夜、三世の死体が三重密室で発見され、テレサらに容疑がかかる。処刑までの期限が迫る中、二人は事件の謎を解き明かせるか？　鮮烈な論理が冴えるファンタジー×ミステリ